クリスマスをとりもどせ！

マット・ヘイグ 文
クリス・モルド 絵
杉本 詠美 訳

西村書店

Father Christmas And Me
by Matt Haig
with illustrations by Chris Mould

パール、ルーカス、
アンドレアへ

目次

☆ はじめに　これまでのお話

「サンタクロースって、どんな子どもだったの？」そう考えたことはないかい？　そうさ、サンタだって、ずっとむかしは子どもだった。そのころはニコラスと呼《よ》ばれ、父ちゃんとふたり、フィンランドで暮《く》らしてた。でも、貧《まず》しかった父ちゃんは賞金につられてエルフ探《さが》しの旅に出てしまい、あとを追ったニコラスは大冒険《だいぼうけん》をすることになる。くわしくは、**『クリスマスとよばれた男の子』**って本に書いてあるよ。

エルフの村で暮《く》らしはじめたニコラスは、ファーザー・クリスマスという名前をもらった（サンタクロースってのは、妖精《ようせい》のピクシーがつけた呼《よ》び名だ）。そして、クリスマスに人間の子どもたちにプレゼントを配ることを思いついた。それにはとても大きな魔法《まほう》の力が必要なんだけど、それをあたえてくれたのが、アメリアという女の子だった。魔法《まほう》を信じるその子の心が、奇跡《きせき》を起こしたんだ。

でも翌年《よくねん》、エルフの村で大事件《だいじけん》が起こり、プレゼントを配ることができなくなった。同じころ、アメリアはつらいできごとが重なって、信じる心を失い……そしてどうなったかは**『クリスマスを救《すく》った女の子』**を読んでほしい。

これからはじまるのは、そのあとの物語だ——。

1 ここではないどこか

あなたはたぶん、ファーザー・クリスマスを知ってるつもりでしょう——そう、サンタクロースとも呼《よ》ばれるあの人のことを。たしかに、少しは知ってるはず。たぶん、おもちゃ工《こう》房《ぼう》やトナカイのことは。毎年のクリスマス・イブになにが起こるかということもね。あなたは、当然、知っている。

でも……あたしのことは、知らないんじゃないかしら。

これからする話を信じろといっても、むりかもしれない。

あたしは、アメリア・ウィシャート。キャプテン・スートという名の黒猫《くろねこ》を飼《か》ってる。イギリスの、ロンドンという町に生まれて、十一歳《さい》まではそこに住んでた。そしてそのあとは、〝ここではないどこか〟で暮《く》らした。

そのどこかをあなたがみつけることは、たぶんないでしょう。

フィンランドという国だといってもいいかもしれないし、そう思ってくれてもいい。だって、地図に「フィンランド」って書いてあるわけだから、そういったって、べつにまちがいじゃない。あたしはフィンランドにいき、ずっと、ずっと、ずうっと北の、ラップランドと呼《よ》ばれる地方をこえた。あたしが暮《く》らした〝ここではないどこか〟は、ただ〝北のはて〟と呼《よ》ばれていた。村の名は、**エルフヘルム**。この村は、**どの地図にものっていない**。人間のつくった地図にはね。なぜかっていうと、ほとんどの人間は、この村を見ることができないから。そこは、目に見えない村だから。つまり、エルフヘルムは魔法《まほう》の国で、魔法《まほう》の国を見るには魔法《まほう》を信じてなきゃならないの。だけど、人間界で地図をつくってるような人たちはたいてい、魔法《まほう》なんてこれっぽっちも信じないタイプだからね。

とはいえ、エルフヘルムも、多くの点ではごくふつうの村だった。大きめの村。ちっちゃな町といったほうがいいくらい。そこには、人間の町のように、お店や家や集会所がある。道が何本もあり、木が植わっていて、銀行だってある。

でも、そこの住民は、ものすごく変わってた。あなたが見ても、きっとものすごく変わってるって思うはず。

そもそも種族がちがう。人間じゃないの。

特別な生きもの。魔法《まほう》の種族。

そこに住んでたのは、つまり……。

そう、エルフだった。だけど、考えてみて。もし、まわりがみんなエルフだったら、おかしいのは――ふつうじゃないのは、どっち?

エルフじゃない。

あなたのほうよ。

2 トナカイ通り七番地

ファーザー・クリスマスは、トナカイ通り七番地に住んでいた。エルフヘルムのはしっこで、その先はもう、トナカイの広野《ひろの》よ。

家は、エルフヘルムのたいていの家と同じで、かちかちに焼いたジンジャーブレッドでできてた。だけど、ほとんどのエルフの家とちがって、玄関《げんかん》のドアがうんと大きくつくってあるから、かがまなくても入っていける。

中は、楽しいものでいっぱいだった。二階から一階へおりるすべり台。呼《よ》び鈴《りん》は、「ジングル・ベル」のメロディーで、そこらじゅうにおもちゃがあった。キノチンのたなには、あまくて最高においしいもののつまったビンが、ぎっしりならんでたわ。チョコレート、ジンジャーブレッド、ラッカのジャム。リビングには、ハト時計みたいな時計がかかってるの。ただし、とびだすのは、ハトじゃなくてトナカイよ。ああ、それから、エルフが時間をいうときは、人間のように、「六時」とか「九時二十分」とか、たいくつないいかたはしないの。たとえば、「めちゃめちゃ早い」とか「もうとっくにねる時間」みたいにいう。それが、エルフ時間というものよ。

ファーザー・クリスマスはずっとひとり暮《ぐ》らしだったから、すぐにウトウトって名前の、ベッド職人《しょくにん》のエルフを呼《よ》んで、新しいベッドをふたつと、猫《ねこ》のキャプテン・スート用に「世界一寝心地《ねごこち》のいいバスケット」を注文してくれた。

「今日のところは、わたしは下のトランポリンでねることにするよ」

最初の日、ファーザー・クリスマスはそういった。そして、それは最高に寝心地《ねごこち》のいいトランポリンなのだと、いいはった。
新しく注文したふたつのベッドは、メアリー・エセル・ウインターズとあたし用よ。メアリーというのはファーザー・クリスマスが恋《こい》に落ちた相手で、ファーザー・クリスマスは、メアリーの顔を見ては、ぽっと赤くなった。メアリーも、ファーザー・クリスマスを愛してた。
メアリーは、あたしが会ったなかでいちばん親切で、いちばんすてきな女のひとだった。ほっぺたはリンゴみたいに赤くて、メアリーがほほえむと、部屋じゅうがあったかくなる気がした。

メアリーと出会ったのは、まだあたしがロンドンにいたときの話。そのころ、あたしには、とてもつらいできごとがたてつづけに起こったの。まず、えんとつそうじの仕事をしてた母さんが、その仕事のせいで重い病気にかかった。できることはぜんぶやったけど、病気の力はあまりに強くて、母さんをたすけることはできなかった。

父さんはあたしが赤ちゃんのころに死んだから、母さんが亡《な》くなると、あたしはおそろしいクリーパーの救貧院《きゅうひんいん》に入れられることになった。それはほんとにみじめな毎日で……だけど、そこでまかない婦《ふ》をしてたメアリーは、あたしにいつもやさしくしてくれたの。あたしたちが食べる救貧院《きゅうひんいん》のうすいおかゆに、ないしょでちょっぴり、おさとうをまぜてくれたりもした。そのことは、一生忘《わす》れない。

メアリーも、それまでつらい人生を送ってた。救貧院《きゅうひんいん》に入る前はホームレスで、タワーブリッジのそばのベンチでハトにかこまれてねてたの。

とにかく、キャプテン・スートとあたしが、ファーザー・クリスマスのおかげでついに救貧院《きゅうひんいん》からにげだしたとき、メアリーもいっしょについてきた。あたしと同じように、メアリーも、エルフヘルムへこられたことをすごく喜んでたわ。

あたしたちがエルフヘルムについた日は、ちょうどクリスマスだった。世界じゅうの人間

の子どもたちがプレゼントの包みをあけてるころ、あたしたちは見たこともないようなごちそうを食べ、ザ・スレイ・ベルズっていうエルフのバンドが演奏《えんそう》する、めちゃくちゃにぎやかでハッピーな音楽に耳をかたむけてたの。

あたしたちは笑い、歌い、スピクル・ダンスをおどった。スピクル・ダンスはエルフのおどりで、すごくむずかしいのよ。足をはげしく動かしたり、体をあっちこっちにひねったり、魔法《まほう》で宙《ちゅう》にういたりしなきゃならない。

「きみもここが気に入ると思うよ」

凍《こお》りついた湖にスケートをしにいったとき、ファーザー・クリスマスがそういった。

「ええ、きっと」と、あたしはこたえた。

たしかに、そうなった。あたしは、あの村が好きになった。しばらくのあいだはね。でも、あたしは自分で自分の幸せを、こなごなに打ちくだいてしまったの。

3 おのぞみトフィー

エルフヘルムでは、どこへ行くにも〝大通り〟と呼ばれる大きな道を通ることになる。地名でもなんでも、エルフたちは見たまま、感じたまんまの名前をつけることが多いみたい。たとえば、〝七曲《ななま》がり道《みち》〟は、くねくねと七回曲《ま》がってるから、そう呼《よ》ばれてる。

その日、大通りはどこもエルフたちでにぎわってた。木ぐつの店、チュニックの店、ベルトの店。大通りには、そり学校ってとこもある。そこには、ありとあらゆる種類のそりがあるんだけど、そのどれひとつとっても、あたしがエルフヘルムまで乗ってきたそり――ファーザー・クリスマスがいつもトナカイの広野《ひろの》にとめてるあのそりには、かなわなかった。

ファーザー・クリスマスは、背《せ》の高い（といっても、エルフの基準《きじゅん》でだけど）やせたエルフに、手をふった。エルフは小さな白いそりをみがいてるところで、きらきら光るそりは、とても美しかった。

「やあ、キップ！　それが前にいってた新しいそりかな？」

エルフの顔に笑《え》みがうかんだ。でも、口のはしがちょっと上がっただけで、ファーザー・クリスマスがそこにいたことにおどろいた、という感じの笑《え》みだった。

「そうだよ、ファーザー・クリスマス。〝ブリザード360〟だ」

「じつに美しい。トナカイは一頭？」

「そう、一頭立て」

それからふたりは、専門的《せんもんてき》なことを長々と話しはじめた。速度計とか、ハーネスとか、高度計とか、羅針盤《らしんばん》とか。

最後にファーザー・クリスマスは、こんな質問《しつもん》をした。「学校がはじまったら、これも子どもたちにつかわせるんだろう?」

　エルフは、急に不安そうな顔になった。「いや。子ども用じゃないからね。大きさを見て。これはもっと大きなエルフ用さ。おとな専用《せんよう》」

「そういえば――」メアリーがあたしの肩《かた》に腕《うで》を回し、会話にくわわった。「今度、学校に入る子がいるんですよ。その子は、エルフの子どもより大きいの。それどころか、おとなのエルフより大きいんです」

「アメリアだ」ファーザー・クリスマスが、あたしを紹介《しょうかい》してくれた。「この子は、そりのあつかいには天性《てんせい》の才能《さいのう》がある。ほんとうだよ」

　あたしを見たエルフの顔から血の気がひいて、雪のように白くなった。

「ああ……そう。ええと、うん……わかったよ」

　それで終わり。エルフはまたそりをみがきはじめ、あたしたちは大通りを歩きだした。

「気の毒にな」ファーザー・クリスマスが、静かにいった。「キップは子どものころ、おそろしい目にあってるんだ」

　あたしたちが会ったほかのエルフはみんな、気さくで、おしゃべり好きだった。ファーザー・クリスマスは、ベルト職人《しょくにん》のマザー・ブレールの店に、新しいベルトの試着にいった。

（マザー・ブレールは「あらま！　……ま、またおなかが大きくなってるわ。もうひとつ穴《あな》をふやさなくちゃ」って、おどろいてた。）

つぎに、あたしたちはお菓子《かし》の店によった。お菓子《かし》職人《しょくにん》のボンボンは、開発中の新作スイーツを味見させてくれた。食べてみたのは、〝ラッカ入りむらさきファッジ〟と、ファーザー・クリスマスお気に入りのトナカイの名前がついた〝ブリッツェンのしかえし〟（アニスシードのようなスパイシーな香《かお》りで、きょうれつな味がする）と、〝泣く子がだまる〟。

「このお菓子《かし》、なんで〝泣く子がだまる〟って名前なんですか？」ってきくと、ボンボンは自分の赤ちゃんを指さした。赤ちゃんはリトル・スーキーといって、とんがった耳の、かわいい子。ゆらゆらゆれるベビーチェアにすわって、ごきげんで、お菓子《かし》をしゃぶってた。

「この子にはいつもききめがあるから」と、ボンボンはこたえた。

だけど、いちばんびっくりしたのは〝おのぞみトフィー〟っていうお菓子《かし》。

「わあ、トフィー・キャンディーだ」あたしは手を打ちならした。「トフィーって、大好き。これ、どんな味がするんですか？」

ボンボンは、ずいぶんまぬけなことをいう子ねって顔で、あたしを見た。「あのね、これは〝おのぞみトフィー〟よ。なんでもおのぞみどおりの味がするわ」

あたしはトフィーを口に入れ、チョコレートの味がしますようにって祈《いの》った。すると、ほんとにチョコの味がしたから、アップルパイもいいなって思ってみたら、口の中にこうばしいあまさが広がって、それはまさにアップルパイの味で、つぎに、母さんが貧乏《びんぼう》になるまでは毎年クリスマスに食べてた焼《や》き栗《ぐり》を思いうかべてみたら、ほっこりあったかいものが、口の中で思い出のようにほろほろとくずれたの。

この最後の味は、ほんとにおいしかったんだけど、母さんはもういないんだと思うと悲しくなって、ごくんとのみくだしたあとは、もうそのお菓子《かし》はもらわなかった。かわりにもらったのは、〝クスクス・キャンディー〟。アメが舌《した》をこちょこちょするから、くすぐったくて、笑っちゃうの。

そのとき、ドアベルが鳴って、店におしゃれなふたり組が入ってきた。どちらも赤いチュニックを着てる。ひとりはハゲ頭でメガネをかけてて、もうひとりは地球儀《ちきゅうぎ》のようにまんまるなエル

フだった。

「おや、こんにちは、パイ先生」ファーザー・クリスマスはメガネのエルフに声をかけ、あたしのほうを向いて、「きみの算数の先生だよ」と教えてくれた。

「やあ」パイ先生は、リコリスっていう黒いグミみたいなお菓子《かし》をくちゃくちゃかんでた。

「きみは人間だな。人間の算数の話はきいておる。じつにばかばかしいものだった」

あたしはまごついて、「算数って、どこでも同じだと思ってました」とこたえた。

すると、パイ先生は笑い声をあげ、「まるっきりちがう！　まるっきりちがうよ！」といった。

もうひとりのエルフは、コロンブスって名前だった。

「わたしも教師《きょうし》ですよ。地理を教えてます」

「地理の勉強も、エルフと人間ではちがうんですか？」とメアリーがきくと、ファーザー・クリスマスが、かわりにこたえた。

「そうだよ。たとえば、人間の地図では、エルフヘルムなんて存在《そんざい》しないことになってる」

あたしたちは、もう少しお菓子《かし》の味見をさせてもらってから、家で食べるぶんを買い、ボンボンとパイ先生とコロンブス先生にさよならをいって、店を出た。

歩いていくと、『デイリー・スノー新聞』を売ってる売店の前を通りかかった。

「やれやれ」ファーザー・クリスマスがため息をもらした。「だれもならんでないね……もうデイリー・スノーを読みたがる者は、ひとりもいないのか」

『デイリー・スノー新聞』のことなら、少しは知ってた。エルフの村の代表的な新聞で、ずっとファーザー・ヴォドルというエルフが発行してたの。ヴォドルは**すごーく悪いエルフ**なのよ。最初からファーザー・クリスマスをにくんでて、まだ子どもだったファーザー・クリスマスがエルフヘルムにやってきたその日に、牢屋《ろうや》にとじこめてしまったの。そのころ、ヴォドルはエルフ議会のリーダーで、エルフヘルムを支配《しはい》し、みんなが外からくる者をおそれるようにしむけてた。たとえば、人間とかをね。

ファーザー・クリスマスが議会の新しい長に選ばれたあとも、ヴォドルは長いことデイリー・スノー新聞社の社主《しゃしゅ》をつづけてたんだけど、それもちょっと前までのこと。トロルがエルフヘルムをおそった事件《じけん》は、裏《うら》でヴォドルが糸をひいていたということが、クリスマスに明るみに出たの。でも、ヴォドルが牢屋《ろうや》に入れられることはなかった（もう、エルフが牢《ろう》に入れられることはないの）。かわりに、デイリー・スノー新聞社をとりあげられ、エルフヘルムでいちばん静かな〝ますますひっそり通り〟の小さな家に引《ひ》っ越《こ》しさせられたわけ。

〝ますますひっそり通り〟に住むことがばつになるのは、エルフはひっそり静かな場所が**大きらい**だからよ。

ただし、ひとつこまったことがあった。トナカイ担当《たんとう》記者だったノーシュが新聞社をひきついでから、『デイリー・スノー新聞』にはふたつの変化があったの。まず、記事の内容《ないよう》がぐっとよくなった。だけど、ぱったり売れなくなった。エルフたちにとっては、ヴォドルがなんでもかんでも話をでっちあげて、うそばかり書いてたときのほうがよかったみたい。

いまこの話をするのは、このことがあとでとっても大事になってくるからよ。でも、このとき――お菓子屋《かしや》さんを出て歩きだしたときに、あたしの心にあったのは、べつの心配ごとだった。

「あたし、学校って、いったことがないの。救貧院《きゅうひんいん》でもなんにも教えてくれなかったし。あそこでは、ただ働かされただけ。それに、エルフの学校って、すごく変なとこみたいでしょ。あたし、やっていけるかしら？」

「まずは、いってみることさ」ファーザー・クリスマスは、はげましてくれた。「もっと自信をもつんだ。きみは、そりだって最初からあんなにじょうずにとばせたじゃないか」

「でも、もし――」

「心配することはない。ここはエルフヘルムだ。ここでは、どんなことも可能《かのう》になる。さっき食べたお菓子《かし》と同じさ。気持ちだって、自分がのぞんだとおりの気分になれる」

「でもニコラス、そんなにかんたんなもんですかねえ？」メアリーは、ファーザー・クリスマスをほんとうの名前で呼《よ》んだ。

「かんたんさ」と、ファーザー・クリスマスはこたえた。

あたしもかんたんに、そんな楽天的な気分になれた。三人で大通りを歩いてるそのときはね。見るものすべてが明るく、幸せそうに感じられた。

気づくと、ファーザー・クリスマスとメアリーは、手をつないでたの。あたしはそれを美しいと感じた。いままで見たなかで、いちばん美しいと思った。その美しさに胸《むね》がいっぱいになって、頭にうかんだことを、つい口に出しちゃったの。その言葉っていうのは、これ。

「結婚《けっこん》すればいいのに」

雪の積もった、にぎやかで楽しげな通りで、ふたりはあたしをふりかえった。その目には、おどろきがうかんでた。

「ごめんなさい。そんなこと、いうべきじゃなかった」

すると、ふたりは顔を見あわせ、大声で笑いだした。

「そりゃ、いいアイデアだねえ、アメリア！」

「まったく最高だ！」

こうして、メアリー・エセル・ウインターズは、ファーザー・クリスマスと結婚《けっこん》することになったの。

4 マザー・クリスマス

結婚式《けっこんしき》は、冬休み最後の日におこなわれた。あたしがエルフヘルムの学校にはじめて登校する前の日よ。結婚式《けっこんしき》っていう楽しみなイベントがあって、よかった。おかげで、学校のことを考えずにいられたから。

その日、エルフヘルムのほとんどの住民が大集会所に集まった。ピクシーまで、森木立《もりこだち》の丘《おか》から何人かやってきたわ。真実の妖精《ようせい》は、いつわりの妖精《ようせい》と連れだって出席した。いつわりの妖精《ようせい》は、あたしの耳をじつにすてきだといってくれたけど、喜んでいいのかどうかわからなかった。ファーザー・クリスマスのトナカイたちもみんな、そこにいた。ファーザー・クリスマスは、式のあいだ、ぜったいに床《ゆか》をトイレがわりにしないとブリッツェンに約束させ、ブリッツェンはちゃんとその約束を守った。

トムテグッブもひとり、あらわれたわ。ピクシーやエルフの話はロンドンでもきいたこと

あったけど、トムテグッブなんて、はじめてきいた。数は多くなくて、エルフヘルムの東にしか住んでないんだって。トムテグッブには名前もないし、男女の区別もない。みんな、ただトムテグッブって呼《よ》ばれてるの。でも、体の色はそれぞれちがって、その日やってきたのは、黄色っぽく光るやつだった。ずんぐりむっくりで、にこにこしながら、ずっとひとりで鼻歌をうたってたわ。キャプテン・スートもあたしについてきて、床《ゆか》に落ちたケーキのかけらをかじってた。

そうそう、その日は地震《じしん》があったのよ。地震《じしん》みたいなものっていったほうがいいかも。結局それは、トロル谷から結婚式《けっこんしき》にやってくるたったひとりのトロルの足音だったんだけどね。ものすごく大きなトロルで、大集会所でも入りきらないから、外の雪の中にすわって、窓《まど》から中をのぞくしかなかった。トロルの名はウルグラ。トロル族の最高指導者《しどうしゃ》よ。体の小さなウンタートロルと体の大きなウーバートロル全員の中でいちばん大きくて、だからリーダーをまかされてるの。全身を見ることはできなかったけど、髪《かみ》の毛はぼさぼさにさかだって、大風にふかれる木の枝《えだ》のようだったわ。

ファーザー・クリスマスがあいさつにきて、窓《まど》をあけ、トロルに話しかけた。「やあ、ウルグラ、きてくれてうれしいよ」

ウルグラがにっこりすると、三本しかない歯が口からのぞいた。どの歯も大きくて、まるで三枚《まい》のくさったドアみたいなの。ウルグラはいった。「おまえさんと嫁《よめ》さんがうんとこさ幸せになりますようにって、トロルみんなからのお祝いを伝えにきたのさ」

「そりゃあ、どうもご親切に」ファーザー・クリスマスに寄《よ》りそうように立っていたメアリーが、お礼をいった。

ザ・スレイ・ベルズは、この日のためにつくった「いとしい人よ、ぼくにはきみが美しく見える（たとえきみが人間でもね）」を演奏《えんそう》した。

結婚式《けっこんしき》の進行役は、ファーザー・クリスマスの親友のファーザー・トポがつとめた。すぐにわかったんだけど、エルフヘルムの結婚式《けっこんしき》は、人間の結婚式《けっこんしき》とはちょっとちがう。

トポはいった。「では、たがいの目を見つめて。笑わんようにな」

新郎新婦《しんろうしんぷ》はなんとか笑わずにいたけど、トポは、そこからへたくそなジョークを連発した。

「この世で最強のプレゼントは、なーんだ？」

「なんでしょうね？」メアリーは首をかしげた。

「短すぎるマフラーじゃ。短くて、どうやってもまけない。わかるかのう？」

「わかるさ」ファーザー・クリスマスがこたえた。「わたしが教えたやつじゃないか！」

トポはつぎのジョークをいった。

「オーホ、ッホ、ッホ、と笑うのは？　うしろ向きに歩いとるおまえさんじゃ。わかるかの？　おまえさん、いつもホッホッホーと笑っとるじゃろう？　では、つぎ。ガイコツは正直者だ。なぜって、ホネだけにホンネをいう！　どうだ？　じゃ、クリはクリでも、人間の子どもがいちばんわくわくするクリは？　クリスマスじゃ……」

この調子でしばらくつまらないジョークがつづいたんだけど、やがてついにファーザー・クリスマスとメアリーは大声で笑いだした。ジョークがおもしろかったわけじゃない。おもしろくなさすぎたからよ。すると、まさにこのとき――ふたりが同時に笑いだしたこのときに、トポはいったの。「ここに**ふたりが結婚《けっこん》した**ことを宣言する！」これがエルフヘルムでの結婚《けっこん》のしかたというわけ。結婚《けっこん》式で、**新郎新婦《しんろうしんぷ》がいっしょに笑う**ってのがね。

ザ
スレイ
ベルズ

メアリーは自動的にマザー・クリスマスと呼《よ》ばれることになった。ファーザー・クリスマスがエルフ議会の長をつとめてたことから、メアリーも議会の一員になったの。議会のメンバーになると、名前に「マザー」とか「ファーザー」をつけて呼《よ》ばれる。そして、エルフへルムやエルフの暮《く》らしについていろんなことを決める会議に参加することができるの。理くつとしては、だれでも議会のメンバーになれるんだけど、議会に入りたがるエルフはあんまりいない。会議なんてたいくつなものと決まってるからね。それに、そんなとこに出たら、じんましんが出ちゃうんだって。すっごくかゆいらしいわ。

結婚式《けっこんしき》の話の部分が終わると、食べる部分（食べものは、どっさりあった）がはじまり、もっと音楽の演奏《えんそう》があって、もっともっとスピクル・ダンスをおどった。

パーティーも終わりに近づいたころ、黒いひげをはやした、気むずかしそうなエルフがほかのお客をかきわけてやってきて、ファーザー・クリスマスとメアリー（マザー・クリスマスといったほうがいいかも）をにらみつけた――ううん、ふたりだけじゃなく、幸せそうな顔をした者をだれかれかまわず、にらみつけたの。つまり、そこにいる者のほぼ全員よ。

たったひとりの例外は、真実の妖精《ようせい》だった。妖精《ようせい》はファーザー・クリスマスに結婚《けっこん》してほしくないみたいで（なんでわかったかというと、妖精《ようせい》が「ファーザー・クリスマスには結婚《けっこん》

してほしくないわ」というのがきこえたから)、だとすると、妖精《ようせい》にとって、この日はちょっとつらい一日だったかも。

「楽しんでる?」あたしは、なんにも気づかないそぶりで、きいてみた。

「今日が、いままで生きてきたなかでいちばんみじめ日だわ」そういうと、妖精《ようせい》は口いっぱいにウエディングケーキをほおばった。

さっきの気むずかしそうなエルフが、ファーザー・ヴォドルだった。パーティーの終わりに、ファーザー・クリスマスが乾杯《かんぱい》しようとラッカジュースの入ったグラスを上げたとき、ヴォドルがそのグラスを食いいるように見つめるのを、あたしは見た。

「お集まりのエルフ、ピクシー、人間、トナ

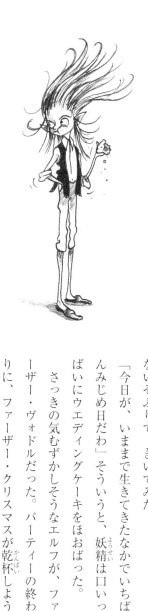

カイ、トロルのみなさん――ああ、きみもだ、トムテグッブ――きてくれて、どうもありがとう。今日は、わたしにとって、ほんとうに特別な日だ。百万年分のクリスマスがいっぺんにやってきたようだよ。なにしろ、これまで会ったなかでいちばん心やさしく、あたたかく、ユーモアのある人と結婚《けっこん》できたし――マザー・クリスマス、きみのことだよ――いま、こうしてみなさんにかこまれてるんだからね。さて、ここであらためて紹介《しょうかい》したい人がいる」

ファーザー・クリスマスは、あたしを指さした。

「アメリア・ウィシャートだ。クリスマスを救《すく》った女の子。あの子は、わたしにたくさんのことを教えてくれた。とりわけ、希望がもつ力について。みなさんも知ってのとおり、**希望は一種の魔法《まほう》**だ。わたしはいま、強く希望し、また、信じている。これまで同様、エルフヘルムがこの先もずっと、アメリアを――そしてわたしのいとしいメアリーを、この村にあたたかくむかえいれてくれることを。わたしと同じで、見た目はちょっと変わってるかもしれないが、ふたりはきっと、このエルフヘルムの毎日に多くをもたらしてくれるだろう」

「そのとおり！」ノーシュが、むすこのリトル・ミムを抱《だ》いて立ちあがった。

「まったくじゃ！」となりにいた、ノーシュのひいひいひいひいおじいさんのファーザー・トポもいった。「だれでもあたたかくむかえることができれば、エルフヘルムはもっと楽しい場所になる。エルフしかおらん村というのは、いつも同じプレゼントしか入ってないくつ下のように、たいくつなもんじゃ」

「ここにこられて、ほんとに幸せです」メアリーがいった。「アメリアも同じ気持ちでしょう。そうだね、アメリア」

その場にいたみんなが、あたしを見た。

「ええ。すごく幸せです。救貧院《きゅうひんいん》よりぜったい、いいわ。それはまちがいないです」

エルフたちはにっこりしたけど、その顔にはとまどいというか、もしかしたらちょっとおもしろがってるような感じも見えた。たぶん、あたしが**みんなとちがってた**から。

あたしは、メアリーやファーザー・クリスマスともちがう。あたしの中には、ドリムウィックのかけらもないいんだもの。**ドリムウィックは、エルフの魔法《まほう》**。ファーザー・クリスマスは、子どものころにドリムウィックによって命を救《すく》われ、今度は自分がその魔法《まほう》でメアリーの命を救《すく》ったの。あたしには、魔法《まほう》の力をやどしたふたりや、エルフたちみたいなことはできない（メアリーもまだできなかったけど、練習すればできるようになるはず）。

でも、それでもよかったの。そのときはまだ、気にならなかった。まわりとちがってたって、ちっともいやじゃなかったわ。ロンドンではずーっと、だれの目にもうつらなかったんだもの。すすだらけの顔をした、きたならしい貧乏人《びんぼうにん》の子のひとりっていうだけ。ちゃんと見てもらえるだけうれしかった。自分がちょっと特別な存在《そんざい》になった気がしたし、そんな気持ちになれたことなんて、それまで一度もなかったから。

ファーザー・クリスマスの呼《よ》びかけで、気まずいふんいきから救《すく》われた。

「ではみなさん、幸福と友情《ゆうじょう》に乾杯《かんぱい》しよう！　種族がちがおうと、どこからこようと、いま、ふたりはこのエルフヘルムにいる。ふたりを歓迎《かんげい》しよう」

あたしは気がついた。ヴォドルはまだファーザー・クリスマスのグラスを見つめてる。そのうちに、グラスが小きざみにふるえはじめ、ファーザー・クリスマスは、おどろいたようにグラスをつかみなおそうとした。でも、うまくいかなかった。グラスはひゅうっと宙《ちゅう》をとび、ガチャンと音をたてて、あたしの足もとに落ちたの。ピンクがかったオレンジ色のラッカジュースが、見る間に床《ゆか》にこぼれて広がった。

ヴォドルのしわざだとは、だれも知らない。ヴォドルがファーザー・クリスマスをどんなに見つめていたか、だれも見ていなかったんだから。

「なにが起こったんです？」

メアリーの問いに、ファーザー・クリスマスは「わからない」とこたえた。

「あいつよ」あたしは、犯人《はんにん》の黒ひげエルフを指さした。

大集会所は、しんと静まりかえった。みんな、ちょっと不安げな表情《ひょうじょう》をしてる。ファーザー・クリスマスもね。それを見ると、あたしもちょっと不安になってきた。「やったのは、ファーザー・ヴォ――」

その名前を最後までいうことはできなかった。あたしの口がぱくっと勝手にとじちゃったから。だれがつまんでるわけでもないのに、上と下のくちびるがぎゅうっとおしつけられてるみたいになった。

そのとき、わかったの。**あいつがやってるんだ**って。

「まったく、なにをいいだすやら」ヴォドルは笑《え》みをうかべてる。「かんちがいもいいところだ」

しゃべろうとしても、できなかった。ファーザー・クリスマスとメアリーを見ると、どちらもこまったような顔をしてる。ふたりの特別な日をだいなしにはしたくなかったから、あたしはかたくとじた口で、なんとかほほえんでみせた。

ファーザー・クリスマスは、からっぽになった自分の手と、あたしの足もとの床《ゆか》にできた水たまりに目をやった。そして、下くちびるをつきだし、「ことわざにもある。こぼれたジュースをなげくのは、やめよう。今日は祝いの席だ」といって、パンパンと手をたたいた。

「ザ・スレイ・ベルズの諸君《しょくん》、音楽をたのむ」

また演奏《えんそう》がはじまって、エルフたちはダンスフロアをうめつくし、その場はまるでスピクル・ダンス大会のようになった。あたしもおどった。魔法《まほう》のつかえない人間のやりかたで。

気づくと、いつのまにかヴォドルがあたしの前に立ってた。ちょっとドキッとしたけど、あたしはそれを顔に出さないようにした。

「ダンスはお好き?」と、あたしがきくと、ヴォドルは「いいや」とこたえた。「ずっと自分の足もとに注意してなきゃならんからな。足をおろす場所をまちがえれば、そのむくいを受けることになる」

あたしは笑った。「たかがダンスでしょ? 大げさだわ」

でも、そのときわかったの。ヴォドルはダンスの話をしてるんじゃないってことが。だって、本人が「わしはダンスの話をしとるんじゃない」っていったから。

「そうなの？」

「きさまのことをいっとるのだ」

「なんであたしが自分の足もとに注意しなきゃならないの？」

「きさまの足が大きすぎるからだ」

「は？　あたしの足はこれでちょうどいいの。だって、人間なんだもん」

「そのとおり」ヴォドルは目をむいた。怒《いか》りでふつうじゃなくなってるような目だった。

「**きさまは人間だ**。ここはきさまの住むところじゃない」

「ファーザー・クリスマスも人間よ。メアリーだって人間だわ。ここはあのふたりの住むとこでもないっていうの？　ほかのエルフはみんな、そうは思ってないみたいよ」

ヴォドルがぐっと身を乗りだした。にぎやかな音の中でもひそひそ話ができるように。

「きさまは、エルフの気持ちってもんがわかっておらんようだな。いいか、エルフは心変わりが早い。一歩ふみまちがえただけで、やつらはきさまに背《せ》を向ける。見てるがいい。わしがいったとおりになるぞ」

「あんたなんかこわくないわ」

「いまはな。**いまは**こわくないだろう。せいぜいその大足に気をつけるんだな」

ヴォドルはそういって、去っていった。まわりはみんなダンスに夢中《むちゅう》で、あたしの顔からほほえみが消え、不安がとってかわるのに、だれも気づきはしなかった。エルフヘルムでいちばんたちの悪いエルフに目をつけられたのが心配で心配で、その夜はもう、つぎの日から学校がはじまることなんか思いだしもしなかった。

5 エルフ学校の一年生

　エルフは小さいけど、エルフの子どもたちはもっと小さい。あたしは子どもだったけど、人間の子どもとしてもかなり背は高いほうだったから、エルフの子どもの基準《きじゅん》からすれば、**ものすごーく背《せ》が高い**ことになる。教室に入るときにはかならず頭をぶつけたし、つくえの下に足をおしこむのも、ひと苦労だった。おまけに、いすは床《ゆか》につきそうなくらい低いの。ノートもクレヨンも、あたしには小さすぎた。トイレときたら――んー、トイレは、とにかくへんてこだったわ。

だけど、どのクラスにもすてきな名前がついてるのは、気に入った。霜《しも》組、ジンジャーブレッド組、すず組。いちばん年長のクラスは、ヤドリギ組。あたしは、雪玉組だった。

　あたしは、いつもにこにこしてる女の子のとなりにすわった。名前はトゥインクルといって、なんでもじょうずにできた。エルフはみんな、どんなこともじょうずにやるけど、トゥインクルは特別。なぜって、ほんとなら三百七十二歳《さい》だから。

「正確《せいかく》には三百七十二歳《さい》と半分よ」

トゥインクルが初日に教えてくれた。

「おかしな感じがするでしょ。エルフも年はとるんだけど、ちょうどいい時期が来たら、それぞれそこで成長が止まるの。自分自身を知って、永遠《えいえん》に幸せでいられる年齢《ねんれい》でね。でも、たいていはうんと年をとるまでわからないものよ――なにが自分の幸せなのか、自分がほんとにやりたいことはなんなのか」

そのことなら、もう知ってた。たとえば、ファーザー・トポが年をと

らなくなるまでには、九十九年かかった。ファーザー・クリスマスはエルフじゃなくて、ドリムウィックのかかった人間だけど、六十歳《さい》をすぎてから自分の生きかたをみつけ、そこで成長が止まったの。でもたまに、トゥインクルのように、まだとっても小さいうちにそれをみつけることもある。だから、トゥインクルは十一歳《さい》でもあるし、三百七十二歳《さい》（と半分）でもあるわけ。

雪玉組には、二十人くらい子どもがいた。トゥインクルのほかにも、ちっちゃいけどものすごく勉強熱心な子がいたわ。サクサクという子で、スピクル・ダンスのジュニア・チャンピオンなの。スノーフレークって子は、あたしがなにかまちがえると（あたしはしょっちゅうまちがえた）、いつもげらげら笑うから、ちょっとうっとうしかった。

科目ごとに先生は変わるけど、クラス担任《たんにん》はマザー・ジングルだった。あたしを見るジングル先生の目は、いつもやさしかったわ。それでも、先生にでくのぼうだと思われてる気がしてならなかった。

最初の週に、あたしにはまだそりのレッスンに参加する準備《じゅんび》ができてないといったのは、このジングル先生だった。

あたしは、怒《いか》りがふつふつとわいてくるのを感じた。救貧院《きゅうひんいん》やクリーパーに別れをつげてからは感じたことのないような怒《いか》りよ。「でも、そりなら前にも運転したことがあります！　ファーザー・クリスマスのそりを運転させてもらいました！　あのいちばん大きなそりよ！」

だけど、先生は首を横にふった。「ごめんなさいね。新しく入学した子は、半年たつまでそりの練習をはじめられない決まりなの。悪いけど、キップが決めたルールなのよ」

「でも、ここに入学する子はたいてい五歳《さい》でしょ。あたしは十一歳《さい》よ」

「あなたが十一年すごしたのは、人間としてでしょう？　そこがちがうの。人間はそりをとばすようにはできてないのよ」

これで話はおしまい。あたしは、待たないといけなかった。そして、そのあいだには、ほかのいろんな科目を勉強しなきゃならなかった。

そのなかには、パイ先生の算数もあったわ。エルフの算数は、すごくむずかしかった。人間の算数とはぜんぜんちがうの。エルフの算数では、正しいこたえがいいこたえではないの。それって、すっごくふしぎ。

「アメリア、二たす二はなにかな？」と、パイ先生がきく。

「四です」と、あたしがこたえる。

すると、クラスじゅうがどっと笑う。笑わないのは、トゥインクルだけ。

「トウィンクル、アメリアにこたえを教えてやりなさい」

パイ先生にいわれて、トゥインクルは姿勢《しせい》を正し、「雪です」とこたえた。

「そのとおり。二たす二は雪。もしくは、羽ぶとんといってもよろしい」

トゥインクルはあたしの顔を見て、正解《せいかい》をいっちゃってごめんなさいとあやまったけど、そうしないでくれたほうがよかった。

ほかの科目も、やっぱりむずかしかった。

作文に歌（あたしの声には陽気さが足りないらしい）、つらいときの笑いかた（これはほんとにむずかしい）、ジョークのつくりかた、クリスマス学、スピクル・ダンス（もう悲惨《ひさん》）、ドリムウィック実技《じつぎ》（当然、もっと悲惨《ひさん》）、初級ジンジャーブレッド、幸福学、地理。

地理を教えてくれるのは、お菓子屋《かしや》さんで会った、パイ先生の連れのコロンブス先生だった。感じのいい先生だったから、あたしは地理の時間を楽しみにしてた。「地理」って、すごくふつうのひびきがするし、なんだか人間っぽい。でも、もちろん人間のとは、ちがってたわ。エルフの地理は、ほかの科目とおんなじくらい、へんてこりん。地球の、〝とても高い山〟より南はぜんぶ〝人間界〟という言葉でひとくくりにされてる。フィンランドも、イギリスも、アメリカも、中国も、関係ない。エルフたちにとってはどこも同じで、毎年ファーザー・クリスマスがどういうルートで旅するかを計画するのも、ファーザー・クリスマス自身に、ううん、いまはマザー・クリスマスひとりに、まかせっきりだった。

いっぽう、山の北側については、めちゃくちゃくわしかった。そこ全体は〝魔法《まほう》の地〟と呼《よ》ばれてる。〝エルフ領《りょう》〟（エルフの領土《りょうど》って意味。エルフヘルムと〝森木立《もりこだち》の丘《おか》〟がふくまれるの。〝森木立《もりこだち》の丘《おか》〟は、正確《せいかく》にいえばピクシーの土地なんだけど、ピクシーは地理なんてまったくわかってないし、ものの名前にもとくにこだわりがないから、だれひとり文句《もんく》をいわない）はその中にあって、ほかに〝トロル谷〟、〝氷の原野〟（トムテグッブはここでみつかることが多い）、〝フルドランド〟（美女妖精《ようせい》のフルドラたちが佇んでる）、それに〝丘《おか》と穴《あな》の地〟がある。

学校がはじまってから何日かたち、何週間かたち、何カ月かたった。ファーザー・クリスマスは、帰りがおそくなることが多くなった。この年は、おもちゃ工房《こうぼう》がいままで以上にいそがしかったの。クリスマスの飛行ルートの計画をまかされたメアリーも、すごくいそがしそうだった。メアリーは、体の中にやどった魔法《まほう》の力をときはなつために、ドリムウィックの教室にも通ってたけど、かなり苦労してるようだったわ。

とにかく、ふたりとも自分のことでいっぱいいっぱいみたいで、あたしの問題でわずらわせるのは、気がひけた。だから、キャプテン・スートにそっとぐちをいうだけにしておいたの。スートがゴロゴロのどを鳴らすのをきいてると、気持ちが少しなぐさめられた。

あたしはそれまでずっと、自分のめんどうは自分でみるタイプの子どもだった。そうしなきゃならなかったしね。じっさい、その年はほとんどずっと最大限《さいだいげん》にがんばってたのよ。それに、楽しい時間もたくさんあった。楽しいことがたくさん。そのころはまだ、ロンドンでみなし子として生きるより、エルフヘルムで暮《く》らすほうがずっとましだと考えてたの。

よくトゥインクルの家に遊びにいって、エルフ・テニスをしたわ。ふつうのテニスとおんなじだけど、ほんとのボールじゃなくて、空想のボールを打つの。エルフのスポーツの中で、これだけはうまくできた。学校でもこれをやってくれればいいのに、と思ったわ。トゥインクルの家から帰ると、本を読むか、トランポリンに乗ってぴょんぴょんするか、トランポリンに乗ってぴょんぴょんしながら本を読んだ。

学校だって、悪いことばかりじゃなかった。トゥインクルのとなりの席は楽しかった。いつも、すっごくおもしろいジョークをいうの。サクサクは、休み時間にスピクル・ダンスをして、みんなを楽しませてくれた。

いやなことがあった日は、そりのレッスンがはじまれば、毎日がきっと楽しくなる、と自分にいいきかせたの。そして、半年がすぎた。七カ月が。八カ月が。そして、あっという間に十二月になったけど、そりのレッスンに参加させてもらえる気配はいっこうになくて、いつもからっぽの教室でひとりで待ってるようにいわれるばかり。同じクラスの子どもたちがそりに乗ってとぶのを窓《まど》からながめてるだけだった。

クリスマスも目の前にせまったころ、あたしははじめて、メアリーとファーザー・クリスマスにそのことをうちあけた。それは、あたしがはじめて〝丘《おか》と穴《あな》の地〟の話をきいた日でもあった。

「それはどこにあるんですか?」

あたしがきくと、コロンブス先生はこたえた。「ずーっとずっと遠くですよ。魔法《まほう》の地のはてのはて。トロル谷から東に百マイルいったところです」

「そこには、だれが住んでるんですか?」

クラスの全員がこたえを知ってたけど、いつものようにクスクス笑ったりせず、教室はしーんとしずまりかえった。

「少々危険《きけん》な生きものです」

「それって、なんですか?」

「ウサギです」

今度は、あたしが笑う番だった。「ウサギ？　ウサギのどこが危険《きけん》なの？」

コロンブス先生は、もっともらしい顔でうなずいた。「気持ちはわかります。あなたが考えてるのは、人間界にいるウサギでしょう。長い耳をした、小さくてぴょんぴょんはねる、かわいい動物。ぴょん、ぴょん、ぴょんとね！　ファーザー・クリスマスが教えてくれました。しかし、ちがうんです。ここのウサギは、ぜんぜんちがう。もっ

と大きい。そして、二本足で立って歩く。しかも——」先生は、一瞬《いっしゅん》間《ま》をおき、ごくりとつばを飲んだ。「——**きわめて危険《きけん》**です」

「きわめて危険《きけん》？」どうしても、顔が笑ってしまう。だって、あんまりばかばかしいから。

「まじめな話よ」トゥインクルがささやいた。

「そうです」先生はとがめるように、まゆをひそめた。「それに、笑いごとじゃありませんよ……だれか、アメリアに〝丘《おか》と穴《あな》の地〟に住むウサギたちについて説明できますか？」

スノーフレークが一番に手を上げた。

「では、スノーフレーク」

「ウサギの王は、**イースター・バニー**です」

あたしは、笑いをかみころした。

「そのとおり。彼《かれ》らの王は、イースター・バニーです。みなさん、それは知っていますね——ああそう、アメリア以外はね。ほかに知ってることは？」

当然の流れで、トゥインクルが手を上げた。「ウサギはすごく大きな軍隊をもっています。何千匹《ひき》という軍隊です。いえ、何万です。何百年か前に、ウサギは、トロルとエルフに戦争をいどんできました。ウサギ戦争です。戦争にはウサギ軍が勝ち、それまでは魔《ま》法《ほう》の地全体にエルフが住んでいたのに、ウサギが〝丘《おか》と穴《あな》の地〟を自分たちのものにしました」

コロンブス先生は、いつものことだけど、とっても満足そうにトゥインクルを見た。

「そうです。はるかむかし、ウサギたちがまだ地下の穴《あな》の中で生活していたころには、エルフとウサギはじつに平和に暮《く》らしていました。ところがある日から、イースター・バニーが軍の指揮《しき》をとるようになったのです。彼《かれ》の考えはそれまでのものとちがいました。自分たちのことを世間に知らしめたいと思っていたのです。ウサギたちは、それ以前と同じように穴《あな》の中でねむり、穴《あな》の中で仕事をしていましたが、なにかにおびえたり、こそこそかくれたりするのはいやになったのです。夏には、とくにそうでした。ウサギはお日さまの光が好きなのです。あたたかいのも好きでした。そして、自由に走りまわることも。ウサギたちは、自分の好きなところへ出かけたいと思いました。それはかまわないのです。でも、彼《かれ》らは、ウサギ以外の種族がそばにいることをきらいました。そこで、エルフを力ずくで追いだそうとしたのです。そう、生きのびることができた者は……多くはありませんでした」

「そんな……あんまりだわ」

コロンブス先生は、ため息をついた。「もうはるかむかしの話です。以来、ウサギはウサギで、われわれはわれわれで、暮《く》らしてきました。だから、心配することはありません」

「どうしてわかるんですか?」と、あたしはきいた。

「だって、先生だもの!」トゥインクルがいった。みんな、ばかなやつだとでもいいたげに、大笑いした。それでも、あたしの頭は疑問《ぎもん》だらけで、疑問《ぎもん》はほかにいくところもなくて、口からとびだしたの。

「ウサギの王は、どうしてイースター・バニーって呼《よ》ばれてるんですか?」

先生は、またトゥインクルを指名した。「イースター・バニーがどうしてイースター・バニーと呼《よ》ばれているか、説明してごらん」

トゥインクルは大きく深呼吸《しんこきゅう》して、ぴーんと、めいっぱい背《せ》すじをのばした。「ウサギの王がイースター・バニーと呼《よ》ばれるのは、ウサギたちが地下から出てきたのが、春のおとずれを祝うお祭り、つまりイースターの日だったからです。イースターがくると、日ざしが明るく、空気があたたかくなります。ウサギとエルフとのあいだに、最初で最後の戦いが起こったのは、その時期なのです」

「じゃあ、その前は、なんて呼《よ》ばれてたのかしら?」

「749番です。ウサギはたいてい、たがいを名前ではなく番号で呼《よ》ぶのです。数字がとても好きな種族なんですよ」

「わかりました」と、あたしはこたえたけど、ほんとはよくわからなかった。頭の中はまだ疑問《ぎもん》でいっぱいだった。たとえば、もしイースター・バニーとウサギ軍がどこでも好きなところで暮《く》らしたいと思ったら？　どうしていままでウサギはエルフヘルムにやってこようとしなかったの？　ほんとに、もうウサギたちをおそれる必要はないの？　だいたい、イースター・バニーって、まだ生きてるの？

学校から帰ってその日の夜、みんなでクリスマスかざりにする色紙のくさりをつくってるときに、ファーザー・クリスマスにイースター・バニーのことをきいてみた。

「うむ……ウサギ戦争は、わたしがここにくる前の話だ。わたしが生まれるよりずっと前の話だよ。うんとうんと年寄《としょ》りのエルフは、〝丘《おか》と穴《あな》の地〟での暮《く》らしをおぼえてる。ファーザー・トポもそのひとりさ。あの土地からエルフがにげださなきゃならなくなったのは、トポがまだ六歳《さい》のころだ。トポの話では、あそこはたいした土地でもないし、本気で恋《こい》しがる者はほとんどいなかったらしい。まっ平らなところだそうだよ。森もない。じつをいうと、丘《おか》だってない。あるのはただ、ウサギ穴《あな》だけ……」

その一時間後、あたしたちはテーブルについて、チェリーパイを食べてた。だけど、あたしはもっとウサギたちの話をききたかった。

「〝丘《おか》と穴《あな》の地〟がそんなにたいくつなとこだとしたら、やつらがエルフヘルムをうばいにくることはないって、どうしてわかるの？」

ファーザー・クリスマスは、いつもの人を安心させるようなほほえみをうかべた。その目はきらきらしてる。

「なぜなら、ぜんぶもう三百年も前の話だからさ。そして、それ以来、エルフヘルムの近くで一回でもウサギがぴょんとはねるのを見た者はいない。いま、ウサギたちがよからぬ考えをもっているとしても、はるかかなたでの話だ。だから、心配することはなにもない。なにも変わっちゃいないんだ」

それで、あたしは安心した。だけど、顔はくもったままだったんだろう。メアリーが「どうかしたのかい？」とたずねた。

あたしはため息をついた。エルフヘルムでの生活に文句《もんく》はいうまいと、毎日せいいっぱい心がけてたから。ロンドンの、クリーパーの救貧院《きゅうひんいん》での暮《く》らしにくらべたら、ずーっとましなことはまちがいないんだもの。だけど、メアリーに見つめられたら、かくしごとなんかできない。だから、うちあけたの。

「学校でね……学校でちょっとあって」

メアリーは心配そうに頭をかたむけた。「学校で、なにがあったんだい？」

「いろいろ。この一年、なんかうまくいかないことばっかりで。あたし、エルフの勉強には向いてないんだと思う。どれもこれも、さっぱりわからないの。算数なんか、ちんぷんかんぷんだし……」

ファーザー・クリスマスはうなずいた。「そうだな。エルフの算数に慣《な》れるにはしばらくかかる。あし算なんてのがあると知ったときには、わたしもたまげたよ。四足《よんあし》たす一が五本足のつくえだなんてね。引き算は引き算だが、じっさいに紙をひっぱりながら書かなきゃならないってのもね。だが、心配いらないさ。苦労してるのは、みんな同じだよ」

「そんなことないわ」

トゥインクルの手が流れ星よりも速く上がるようすが、頭にうかんだ。

「それに、算数だけじゃないの。ぜんぶがわからないの。歌えば、こんなにしめっぽいのは学校はじまって以来だっていわれるし。いっしょうけんめいがんばってるんだけど……。つらいときの笑いかたってのは、最初からわけわかんない。どうし

てつらいときに笑わなきゃならないの？　つらいときに笑わないのって、あたりまえのことじゃない。なんでもかんでも笑わなきゃならないことはないでしょ？」

「やれやれ。だったら、スピクル・ダンスのことはきかないほうがいいだろうね」

「もうひどいもんよ。とにかく、人間はスピクル・ダンスをするようにはできてないの」

「どういうことだい？」メアリーがきいた。

「あのね、足の動きはまだいいの。でも、宙《ちゅう》にうかぶことはできないわ。そんなの不可能《ふかのう》だもん」

ファーザー・クリスマスは、目の前を花火がかすめていったように、きゅっと顔をしかめた。「そんな言葉を口にしてはだめだ」

あたしはものすごく虫のいどころが悪かったんだと思う。いきなり、その言葉を連呼《れんこ》した。

「不可能《ふかのう》、不可能《ふかのう》、不可能《ふかのう》、不可能《ふかのう》」

「ねえアメリア、わかってるだろ？　この家で悪い言葉をつかっちゃだめ」メアリーが、あたしをたしなめた。

「でも、不可能《ふかのう》って、べつに悪い言葉じゃないわ。世の中には、不可能《ふかのう》なことだってあるのよ。特別なとこなんてない、ごくふつうの人間がスピクル・ダンスをおどるのは、単に不可《ふか》能《のう》なの。ドリムウィックの実技《じつぎ》も不可能《ふかのう》。月曜の朝は、幸せを感じるのだって不可能《ふかのう》なこともあるの」

「幸せを感じるのが不可能《ふかのう》なことなんてないよ」ファーザー・クリスマスがいった。「不可《ふか》能《のう》なことなど、なにもないんだ。不可能《ふかのう》というのは、ただ——」

「わかってる。わかってるわよ。不可能《ふかのう》というのは、あたしがまだ理解《りかい》できてないだけで、ほんとは可能《かのう》だっていうんでしょ。それならもう、百回はきいた。でも、天井《てんじょう》を歩くことは？　不可能《ふかのう》よね。星までとんでくのは？　不可能《ふかのう》でしょ」

「それはちがう」ファーザー・クリスマスが、そっといった。「それは不可能《ふかのう》とはいわない。真に正しいおこないではないというだけのことだ。そこには大きなちがいがある」

「アメリア、きいとくれ」メアリーもいった。「新しい場所になじむまでがどんなにたいへんかは、あたしにもわかる。あたしはドリムウィックの教室に通ってるけど、何カ月たっても、ぜんぜん進歩がない。だけど、あたしはあきらめてないよ。ねえ、あんたの好きな科目だって、なにかあるんじゃないのかい？」

あたしは考えてみた。キャプテン・スートが、なぐさめるようにあたしの足に頭をすりつけてきた。

「そうね。ひとつあったわ。作文よ。作文は好きなの。大好き。書いてるときは、自由になれるから」

「そうだ、その調子。いいぞ。そういえば、そりはどうだい？　そりの運転は好きだろう？　きみは**じつにすばらしい乗り手**だからなあ」

ここであたしは、それまではずかしくていえなかったことを、ようやくうちあけた。

「やらせてもらえないの」

「なんだって？」

「なんですって？」

メアリーとファーザー・クリスマスは同時に声をあげた。

「あたしは入学してまだ一年目だから。それに、人間だから。そりのレッスンに参加するには、半年待たなきゃならないっていわれたの。それでもう、一年がたとうとしてる。でも、いいの。先生たちが正しいのかも。たぶん、ふたりの結婚式《けっこんしき》でヴォドルがいったとおりなのよ。ここは、あたしの住むとこじゃない」

「まあ、**ばかばかしいカチコチバタースコッチ！**」メアリーのほっぺたがいつも以上に赤くなっている。

「あんたもあたしも、まちがいなくここの住民だよ。ほかのみんなと同じさ。ねえアメリア、あたしたちみたいなもんは、いつも自分を世の中のお荷物のように思わされてきた。〝救貧《きゅうひん》院《いん》に送っちまえ！〟〝目の前から消えうせろ！〟ってね。だけどアメリア、あんたはいい子だ。よい心をもった者は、この世のどこにでも居場所《いばしょ》がある。それを忘《わす》れるんじゃないよ」

「メアリーのいうとおりだ。ヴォドルはいやなやつさ。あんなやつは無視《むし》すればいい。エルフの子どもたちと同じように、きみにもそりをとばす権利《けんり》がある。心配いらんよ。わたしから学校にひとことといってやろう。そり学校のキップにもね。こんなばかげたことはやめさせる。だが、それにはひとつ条件《じょうけん》がある……」

「なあに？」

「この家で二度と不可能《ふかのう》という言葉をつかわないよう努力すること」

あたしはアハハと笑った。メアリーも笑った。スートまで笑ってるように見えた。

「わかった。約束する」

6 ブリザード360

やった。

ファーザー・クリスマスがなにかいってくれたにちがいない。

なぜって、つぎの月曜の午後から——つまり、クリスマスのちょうど一週間前から——ついに、そりのレッスンに参加することをゆるされたの。白状《はくじょう》すると、あたしは、ほんとにほんとに興奮《こうふん》してた。週末は、夜もなかなかねつけなかった。月曜の朝、目ざめたとき、トランポリンに乗ってはどうかとファーザー・クリスマスにすすめられたわ。少なくとも三十分間トランポリンでとびはねて、少し興奮《こうふん》をしずめたほうがいいって。でも、わかると思うけど、これはあたしにとって、この世界にうまく仲間入りできるかどうかの分かれ目だった。そりの運転は、エルフらしいことのなかで、あたしにできるとわかってる、たったひとつのものだったから。

そり学校のキップ先生は、ファーザー・クリスマスの仲のいい友だちだった。先生は、五歳《さい》のときに、ファーザー・クリスマスに命を救《すく》われたの。「どうやって？」って、きいてみたこともあるけど、ファーザー・クリスマスは首をふり、「忘《わす》れたほうがいいこともある」といって、教えてくれなかった。キップ先生はそりのこと以外しゃべりたがらないから、あたしが知ってたのはそれだけ。

その日の午後、あたしたちは大通りのそり学校にいた。赤と白にぬられた練習用のそりがずらっとならんでる。どれも小さい。ファーザー・クリスマスのにくらべたら、うんと小さかった。そりをひくトナカイも一頭でいい。

「サクサクはプランサーだ」キップ先生が、プランサーのひく、いちばん近くのそりを指さした。

サクサクは「イェイ！」と、はしゃいだ声をあげた。

「トゥインクルはダッシャー」

「はい、先生」トゥインクルがこたえた。

「スノーフレークはコメット」

こんなふうにして、エルフの子どもたち全員に、トナカイとそりがあてがわれた。

あたしはキップ先生に手をふった。でも、先生は気づかないふりをしてる。

「あたしも乗っていいんですよね？」と声をかけると、先生はまゆをしかめた。ひたいに重くたらした前髪《まえがみ》の下から、先生はうたがわしげに、あたしを見た。

「人間はそりをとばすもんじゃない」

先生は人間があまり好きじゃないのかなと、あたしは感じた。

「ファーザー・クリスマスも人間よ」

キップ先生は首をふった。「ファーザー・クリスマスはふつうの人間じゃない。ドリムウィックのかかった人間だ」

そのとき頭にうかんだのは、あたしはえんとつそうじをやるには小さすぎると、みんなにいわれたこと。母さんが病気になって、かわりにお客さんの家を回っていたときのことよ。あたしは、その人たちがまちがってることを証明《しょうめい》した。キップ先生がまちがってることも証《しょう》明《めい》する。あたしはへこたれない。

「そりをとばすことならできます。だからここにいるんです」

トゥインクルのそりをひいたダッシャーが、小走りで滑走路《かっそうろ》に出て、位置につくのが見えた。すぐにプランサーがひくサクサクのそりや、ほかのそりもつづいた。

これまでさんざん味わってきた気持ちが、あたしの胸《むね》をしめつけた。置いてきぼりにされるときの気持ち。両目が、なみだでいっぱいになった。

「わかった、わかった。じゃあ、ひとつそりを用意したほうがよさそうだな」

「ありがとうございます、キップ先生」あたしはにっこりした。

「いいか、ぜんぶぼくのいうとおりにするんだぞ」

「はい、はい、約束します」あたしは練習場を見まわした。そりもトナカイも、もう残ってない。そのとき、すみっこにだれも乗っていない、小さな白いぴかぴかのそりが一台あるのに気がついたの。ハーネスにつながれてるのは、ブリッツェン。ファーザー・クリスマスお気に入りのトナカイだった。あたしはそのそりを何カ月も前に一度、見たことがあった。ボンボンのお菓子屋《かしや》さんにいった日よ。それは、ぴっかぴかの、美しくて高価《こうか》な、あのそりだった。

「あそこの」あたしは指さした。「あれがいいわ」

「いや、あれはブリザード360だ」キップ先生は、ものすごく不安そうな顔をした。

「だめですか？」

「あれはぼくの最新作だ。コインチョコレート千枚《まい》分の価値《かち》がある」

あたしが乗れるそりがほかにないか、先生は必死できょろきょろしたけど、どれももうエルフたちが乗りこんで、出発を待ってる。

先生はあたしを見あげ、降参《こうさん》だというように、目玉をぐるっと回した。「しかたない。ブリザード360に乗ってもいい。でも、ほんとに気をつけてくれよ。ほんとに、ほんとに、気をつけてくれ。**ほんとに、ほんとに、ほんとに、ほんとうに、**気をつけるんだ。わかったか？」

「はい。ほんとに、ほんとに、ほんとに、ほんとうに、気をつけます。ほんとが五回分です。気をつけます」

あたしは先生といっしょにそりのところへいき、中に乗りこんだ。シートはぜいたくで、すごくすわり心地《ごこち》がいい。

キップ先生はダッシュボードを指さした。指なし手ぶくろの先から、エルフの指がのぞいてる。ダッシュボードはファーザー・クリスマスのそりと似《に》てて、その小型バージョンという感じだった。

「あれが高度計。そっちが希望計――針《はり》はずっとそこを指すようにして――そこにあるのが希望をエネルギーに変換《へんかん》するコンバーター。これはつねに緑にかがやいてなきゃならない。

まん中のが羅針盤《らしんばん》だ。推進《すいしん》ユニットのダイヤルは八〇から一〇〇が理想的だけど、離陸《りりく》のときは一五〇まで上げて。着陸態勢《たいせい》に入るときは、逆《ぎゃく》に六〇まで下げる。手《た》づなは最適《さいてき》に調節してあるから、軽くひくだけで操縦《そうじゅう》できる。方向を変えたいときは、右か左に軽くひくだけでいい。おりるときは下にひく。急角度で曲がるときには三回ひいて。わかった？」

「わかりました」あたしはうなずき、希望計を見つめた。空気中にただよう希望の量をはかる装置《そうち》だ。このごろは、希望がたっぷりあった。エルフヘルムはトロルたちと平和をたもっていたから。

　キップ先生はなにかぶつくさいいながら、あたしのもとをはなれた。先生は練習場の前のほ

う、滑走路《かっそうろ》のわきに立ち、大声でみんなに指示《しじ》を出した。

「じゃ、みんな、すぐはじめるよ。名前を呼《よ》ばれたら、手《た》づなを五回ひいて。そうすれば、トナカイが滑走路《かっそうろ》を全速力で走りだす」

滑走路《かっそうろ》は、雪でおおわれたエルフヘルムのほかの道と、見た目にはちがいがなかった。それに、たいして長くはない。すぐにとびあがらないと、そり学校の校舎《こうしゃ》に激突《げきとつ》してしまう。

「それから、そっと離陸《りりく》する。シートにもたれて。このとき手《た》づなをはなさないこと。上空に上がってからは、かんたんだ。右の手《た》づなを軽くひけば右に、左をひけば左に曲がる。わかったかい？」

「はい」エルフの子どもたちは全員元気に返事した。

「アメリア」先生が大声で呼《よ》んだ。「きこえたか？」

あたしは、うなずいた。

「よし。ところで、ひとつ大事なルールがある。とぶときは、エルフヘルムから出ないこと。村の上をぐるぐる回るんだ。〝とても高い山〟に近づいたり、〝森木立《もりこだち》の丘《おか》〟のほうへいったりは、ぜったいしないこと。これは、とっても大事なことだからね」

あたしはうなずいた。そのときだ。ニャオと小さな声がきこえた。下を向くと、キャプテ

ン・スートの緑色の目が、あたしを見あげてた。見ると、深い雪の上に点々と小さな足あとがつづいてる。あたしは、まさかと思った。

「うちで待っててっていったでしょ」

あたしは、小声でしかった。

「おうちに帰りなさい。ここにいちゃいけないの。猫《ねこ》はだめなのよ」

でも、スートは知らん顔で、ぴょんとそりにとびのった。

「だめ！　おりて。おりなさい。おうちに帰るのよ。ここにいたらいけないの。ねえスート、じゃないと、あたし――」

「どうかしたのか、アメリア?」キップ先生は、あたしがなんだかみょうな動きをしてることに気がついた。エルフの子どもたちもみ

んな、まっすぐあたしを見てる。
　でも、正直にいうわけにはいかなかった。いえば、めんどうなことになるし、先生はそれを理由に、あたしをレッスンに参加させるのをやめるかもしれない。そしたらますます、自分がなにをやらせてもだめな、ひょろ長いだけのおかしな人間に思えてしまう。これは、あたしにもひとつはできることがある、そりの運転ならちゃんとできるって、みんなに知ってもらうための、またとないチャンスだったの。
「いいえ。なんでもありません。なんにも問題ないです」
　先生は少しのあいだ、あたしをうたがわしげに見つめた。

「よし。では、手《た》づなをにぎって。そろそろはじめるぞ」

最高の気分だった。風を顔に受け、エルフヘルムをはるか下に見ながら、空をとんでる。前方には、そりをひいてさっそうと走るブリッツェン。でも、そのひづめがふんでるのは、なにもない空間なの。

すべてが順調だった。キップ先生は、赤と白のしましまの大きなメガホン――エルフたちは〝おたけびラッパ〟と呼んでた――をにぎって、地上からみんなに指示《しじ》をとばしてる。

「その調子だ、サクサク！　トゥインクル、手《た》づなをしっかりにぎって！　スノーフレーク、もっと速度を落とせ！　アメリア、上出来だ！」

信じられなかった。感激《かんげき》よ。キップ先生が、あたしをほめてくれてる。上出来だといってくれた。それに、**ほんとに上出来**だったの。円をえがいていっしょに空高くのぼっていくエルフの子どもたちもみんな、いまはあたしのほうを見てた。

手《た》づなのコントロールはうまくできてた。ブリッツェンは、リラックスした状態《じょうたい》で、苦もなくびゅんびゅん、かけてく。希望計の針《はり》は〝希望がほんとにたっぷり〟のあたりでずっと安定してた。

下に目を向けると、学校が、おもちゃ工房《こうぼう》が、村の大集会所が見えた。ファーザー・クリスマスとメアリーが手をつないで七曲《ななま》がり道《みち》を歩いてるのも見えた気がする。

あたしは、そのままとびつづけた。

「いい子ね、ブリッツェン。その調子」

「あと一周！」先生がいった。「それからみんな、着陸態勢《たいせい》に入って。手《た》づなを下にひくんだ。ひとりずつだぞ。まずは、サクサクとプランサーから……いいか？　じゃ、あと一周だ！」

すべて順調で、思わず笑《え》みがこぼれた。というか、大声で笑いだしそうになってた。

以前のあたしはみじめな人間の子だった。救貧院《きゅうひんいん》にとじこめられ、朝から晩《ばん》まで働かされた。でも、いま、あたしはここにいる。エルフとふしぎがいっぱいの魔法《まほう》の国にいて、**そりを空にとばしてる**。苦手な科目はいろいろあるけど、物事がちょっとだけいい方向に動きだした気がした。

「ワオ！」ブリッツェンとあたしが追いぬくと、スノーフレークは声をあげた。「アメリア、速いなあ！」

ダッシャーがものすごいスピードでかけてきて、あたしとならんだ。トゥインクルは、そりのうしろに立ちあがってる。

「すごいよ、アメリア！　得意科目がみつかったね！」

風が勢《いきお》いよく髪《かみ》をすりぬけてく。気がつけば、風に向かってさけんでた。

「すっごくすてき！　生きてるってすてき！　ヤッホー！」

これは、ほかのだれかがはじめて「ヤッホー」っていうより何年も何年も前の話。あたしがいいだした言葉だって断言《だんげん》できる。でも、ほんというと、その瞬間《しゅんかん》はただもう**すべてがいうことなし**っていう、それだけ。完ぺきってのは、ああいうことだと思う。

でも、そのとき……。

それまであたしの足もとでまるくなってくつろいでたキャプテン・スートが、ぴょんとひざの上にとびのってきたの。

「だめよ、スート。下にいて。上がってきちゃ、あぶないわ。あたしたち、すごく高いところにいるのよ」

だけど、スートがすなおにいうことをきいたためしはない。なにしろ、猫《ねこ》なんだから。

あたしは片手《かたて》を手《た》づなからはなし、スートをつかまえて足もとにもどそうとした。でも、下からすくいあげようとしたそのとたん、スートはそりの前のほう、ダッシュボードの上にとびのってしまったの。そして、ずるずる下にすべりはじめた。

「たいへん！」

スートはブリザード360のフロント部分にするどいつめをたて、かき傷《きず》をつけながら少しずつ落ちていく。

あたしは手《た》づなをはなして立ちあがり、前に身を乗りだして、スートをつかまえようとした。そりの進む方向がちょっとずれはじめた。

「アメリア！　なにやってんだよ？」スノーフレークが、うしろからどなった。

でも、こたえてるひまはない。スートの目は恐怖《きょうふ》に見ひらかれてる。あたしは急いでスートをつかんだけど、スートはかなり前のほうにいたから、あんまりうまくはつかめなかった。

「だいじょうぶよ、スート。ちゃんとつかまえたからね」

だけど、スートは安心できなかったみたい。冷たい風がごうごうふきつけるせいで、ますますパニックにおちいってる。そして、おそろしいことが起こった。

恐怖《きょうふ》にたえかねたスートが、高度二千フィート以上の空の上で、あたしの腕《うで》の中からとびだしてしまったの。

7 猫《ねこ》とトナカイ

「だめえ！」あたしは、悲鳴をあげた。

スートがそりのうしろに向かってとんでくれたのなら、問題なかった。でも、そうじゃない。反対側にとんだの。前のほうに。そりの外へ。あたしはそりの横から下をのぞいた。スートのすがたはない。どこにも見えなかった。

目を上げて、はっとした。

スートがブリッツェンの背中《せなか》に乗ってる。必死にしがみついてる。ブリッツェンはふりかえり、自分の背中《せなか》に**黒い毛のはえた生きもの**がつめを立ててるのを見ると、恐怖《きょうふ》に目を見ひらいた。ブリッツェンは体をゆすり、猫《ねこ》をふりおとそうとした。それからどうなったかはよく見えなかった。あたしは振動《しんどう》でよろけ、そりの中にうしろ向きにたおれたきり、ゆれがひどくて立ちあがることができなかったから。手《た》づなをつかもうとしても、そりが休む間もなく上下左右にかたむいて、つかめない。

「ブリッツェン！　落ちついて！　ブリッツェン！　だいじょうぶだから！　ただの猫《ねこ》よ！　ブリッツェン！　ブリッツェアアアアアアアアアアアア――ッ！」

ブリッツェンは、全速力で走ってた。足の速いダッシャーさえ追いこし、エルフもトナカイもみんな遠くの空に置き去りにして、かけてく。

かなたでキップ先生のさけぶ声がかすかにきこえた。「アメリア！　アメリア！　何やってる！　いますぐもどってこい！　いいか、これが最後だ……」

その先はもうきこえなかった。ブリッツェンはめちゃくちゃなスピードで走りつづけてる。そりはさっきより少し安定してきた。ブリッツェンが、そのときにはひとつの方向にまっすぐ進んでたから――信じられない速さで。

あたしはがんばって、やっとのことで立ちあがった。そりの両わきの板をつかんで前を見たあたしは、ぞっとした。そりは、だめだといわれたほうへ向かってたの。一直線に、森木《もりこ》立《だち》の丘《おか》のほうへ。

ふりかえっても、ほかのそりは点のようにしか見えない。エルフヘルムはカラフルなおもちゃの町のようで、それがもう遠くに見えなくなりそうだった。

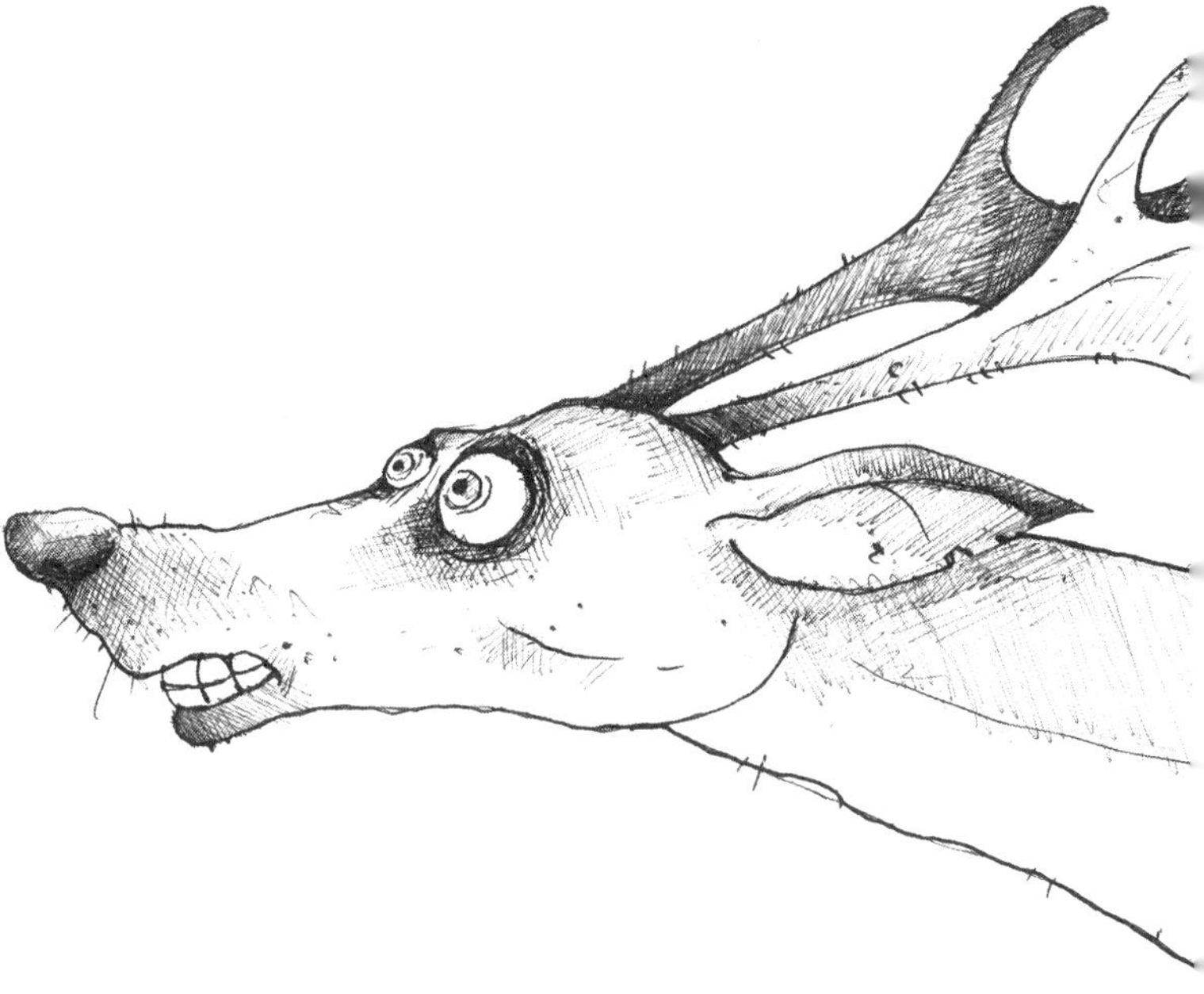

「どうしよう、どうしよう、どうしよう」

あたしはそりの横から身を乗りだし、興奮《こうふん》しきったヘビみたいにはげしくのたうってる革《かわ》の手《た》づなをつかもうとした。

「お願い、お願い、お願い、お願い、お願い、お願い、お願い」

でも、だめ、あたしは、つかむことができなかった。見ると、スートはブリッツェンの背《せ》中《なか》を、首のほうに少しずつよじのぼってる。

「だめよ、スート！　だめ。こっちよ。あたしのほうにおいで。ほら、おいで。お願い、スート。**お願いだから！**」

猫《ねこ》に「お願い」なんて言葉は通じない。っていうか、猫《ねこ》にはなにをいってもだめなの。猫《ねこ》は猫《ねこ》。だけど、ほかにできることがある？

ブリッツェンは、とにかく走ってスートからにげようとしてるみたいだった。でも、それはほとんどむりな話。なんたって、スートはブリッツェンの背中《せなか》にしがみついてるんだもの。

下を見てみた。あたしたちは、ものすごく高いところにいた。森の木より高いところをとんでる。エルフヘルムからはうんと遠くまできてしまった。もう村はどこにも見えない。たぶん、何マイルも遠くにいるんだとわかった。

「どうしよう、どうしよう、どうしよう、どうしよう、どうしよう、どうしよう、どうしよう、どうしよう、どうしよう」

「ブリッツェン！」最後にもう一度、すっかり正気《しょうき》をなくしたトナカイに呼《よ》びかけてみた。

「だいじょうぶよ。だいじょうぶ。だい……」

ふと、ある考えがうかんだ。

まったく、とっぴょうしもない考え。でも、それしか思いつかなかった。

とにかく、ブリッツェンを落ちつかせないと。でも、そりの上にいたんじゃ、それはできない。手《た》づなを持てないんだから、どうしようもない。

このままでは、むり。ブリッツェンを落ちつかせ、手《た》づなをとり、スートをつかまえるには、あたしもそりからトナカイの背中《せなか》にジャンプするしかなかった。

あたしは、そりの前の部分に手をのばし、左足をダッシュボードの上、ちょうど希望計の上に乗せた。希望計の針《はり》は、〝はっきりいって希望はあんまりない〟を指してる。あたしは、ダッシュボードの上の小さなでっぱりをつかんで、もういっぽうの足を上げた。

冷たい風がすさまじい力で顔にふきつけてくる。風に打たれた髪《かみ》の毛は、一直線になってうしろになびいてる。

「よし」あたしは、自分にいいきかせた。「いくわよ、アメリア。あなたならできる。スートにだって、できたんだもの。でも、スートは猫《ねこ》で、猫《ねこ》はとぶのが得意で、着地もすごく得意で……ああ、だめだめ。ごちゃごちゃいうのはなし。いまは、やるだけ。**とにかく、やるだけよ！**」

そして、あたしはやった。

ジャンプして前にとびだし、ちょうどブリッツェンのおしりのあたりにどさっと着地した。その結果、ブリッツェンはあたしをふりおとそうと、まるであばれ牛のように、空中でうしろ足をけりあげた。

「ブリッツェン！」あたしは、顔をトナカイの背中《せなか》にぶつけながら、さけんだ。「ブリッツェン、なにすんの？　あたしよ、アメリアよ！」

ブリッツェンはやっと気づいたようで、さっきまでのあらあらしさがなくなり、びゅんびゅんかけてたのが、やがてゆったりした走りになった。

「いい子ね、ブリッツェン。いい子ね」

さあ、そこからが問題。スートをつかまえるか、先に手《た》づなをつかむか。

このとき、あたしは手《た》づなをつかむことを選んだ。

それが失敗だったの。あたしが手《た》づなをつかんだ瞬間《しゅんかん》は、同時に、スートが足をすべらせた瞬間《しゅんかん》だった。

「あぶない！」

あわててスートのほうに手をのばしたけど、しっぽの先の白い部分をかすめただけで、スートはみるみる下の森に向かって落ちていった。

「スートーーーーッ！」

あたしは手《た》づなをぎゅっとにぎり、下にひいたーーキップ先生に教わったとおりに。それがトナカイを下に向かわせ、着陸態勢《たいせい》に入らせる合図だときいてたから。

「下よ、ブリッツェン！　下！　下！　下！」

ブリッツェンも自分のしたことに気づいたんだと思う。そのときはじめて、自分の背中《せなか》にいたのが猫《ねこ》だと気づいたんじゃないかしら。ただもうなにかが背中《せなか》にいると思って、それがきっと、ものすごくいやだったのね。だけどこのとき、それがただのなにかじゃないことがわかったのよ。それがあたしの猫《ねこ》で、あたしにとってだいじな存在《そんざい》で、つまり、たぶんファーザー・クリスマスにとっても、だいじな存在《そんざい》なんだってことがね。トナカイにとって、とくにブリッツェンとって、なによりいやなのはファーザー・クリスマスを悲しませること。だから、ブリッツェンはものすごい速さで――重力にひっぱられる以上のスピードで――スートめがけて急降下《きゅうこうか》した。

そりは、足手《あしで》まといになった。それで、あたしはそりとトナカイをつなぐハーネスの留《と》め具《ぐ》をはずし、そりはヒューッと、うしろに消えていった。

そのとき、スートが目に入った。

あたしたちは、スートが落ちる速度よりも速く近づいていき、小さな黒い点はだんだん大きくなった。

スートはもう丘《おか》でいちばん高いトウヒの木のてっぺんと同じ高さにいた。だけど、スート

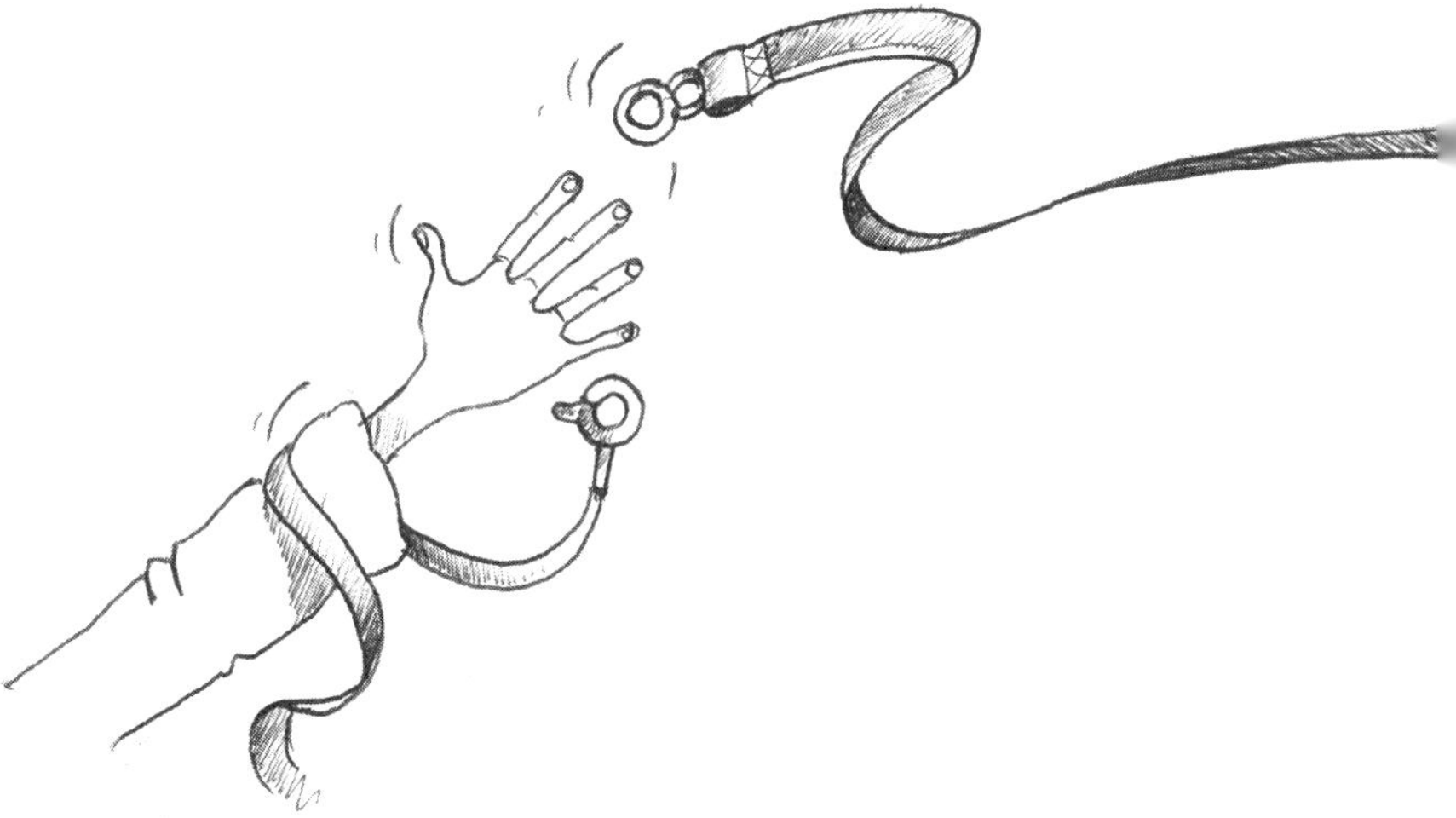

が向かっているのはその木からだいぶはなれた、何もない場所だったから、濃《こ》い緑の枝《えだ》は落ちるスピードをゆるめてはくれないし、クッションになってもくれない。

「ブリッツェン、急いで！　もっと速く！　魔法《まほう》みたいに速く！」

あたしは、ファーザー・クリスマスがここにいてくれれば、と願った。ファーザー・クリスマスがいれば、ドリムウィックをつかって、時間を止められただろう。だけど、ファーザー・クリスマスがいたら、たぶん最初からこんなことにはならなかった。

キャプテン・スート。

スートはすぐそこにいる。

すごい速さでくるくる回転し、しっぽは、

手をはなれた手《た》づなのように、めちゃくちゃにあばれてる。

あたしが下に手をのばし、地面すれすれでスートをつかまえるのと同時に、ブリッツェンはU《ユー》の字をえがいて急上昇《きゅうじょうしょう》した。それでなんとか、あたしたちは墜落《ついらく》をまぬがれたの。

「だいじょうぶよ、スート！　つかまえたわ！　もう平気だからね！　みんな生きてる！　どうにか、たすかったのよ！」

たすかったという思いがどっとあふれて、あたたかいミルクのように、あたしの中に広がった。ブリッツェンは速度を落とし、森の中にそっとおりようとした。でもそのとき、喜びをうちやぶるように、あたしたちのうしろで、とんでもなく大きな物音がひびいた。

ガシャーン！

ふりかえると、そりが――あのぴっかぴかだったブリザード360が――地面に激突《げきとつ》してがれきの山と化し、けむりを上げていた。

「**あああ、どうしよう**」

8 穴《あな》

ブリッツェンは着陸し、あたしはスートをしっかり抱《だ》いて、背中《せなか》からおりた。ぶじ、地面に足をおろすと、ぽんぽんとトナカイの体をたたいて、あたしはいった。

「ごめんね、ブリッツェン。スートは、おびえてただけなの。だいじょうぶだった？」

ブリッツェンは、あたしの腕《うで》の中のスートを見て、フガフガおかしな音をたてた。

「それって、だいじょうぶってことよね。じゃ、いこう。そりのところまでいって、どんな具合か確認しないと」

木立《こだ》ちの中を歩いてると、スートの心臓《しんぞう》が信じられない速さでドキドキいうのがつたわってきた。スートのせいで、あやうくみんな命を落とすところだったわけだから、まだ腹《はら》がたってはいたけど、あたしは頭にキスして、やさしくなでてやった。

そのとき、上のほうで羽音《はおと》のようなものがきこえた。見あげると、銀色にきらめく透明《とうめい》な

羽のあるピクシーの男の子がいて、いたずらっぽくほほえみかけてきた。その子は、鳥のようにすーっとおりてきて、あたしの耳にささやいた。

「むかしむかし、あるところに紙の鳥がいました……」その声は、絹《きぬ》のようになめらかだった。「鳥は穴《あな》を出て、光の中へとびたち……」

「紙の鳥？」

「鳥たちといったほうがいいかな。そう、紙の鳥たち。あるいは、言葉。ねえ、なにか言葉をおくれよ」

ピクシーは、クククククッと笑った。

「言葉？」

「そう、言葉さ。おれは言葉が好きなんだ。〝ウサギ穴《あな》〟とかね。いい言葉だろ？」

「言葉なら、あたし、いっぱい知ってるわよ」

あたしは足を止め、手《た》づなをくいっとひいて、ブリッツェンを止まらせた。あたしはピクシーをまじまじと見た。羽はガラスのようにきらめいて、お日さまの光を反射《はんしゃ》してる。

「でも、いまはそりのようすを見にいくとこなの」

ピクシーは、しばらくあたしのまわりをとびまわったあと、トンボのように、空中にうかんだまま一カ所に静止した。森木立《もりこだち》の丘《おか》には何種類かのピクシーが住んでるんだけど、このときあたしの前にいたのは、〝空とぶおはなし妖精《ようせい》〟というやつ。前に、大きな群《む》れでいるのを見たことがあった。ファーザー・クリスマスとはじめて会った晩《ばん》のことよ。空とぶおはなし妖精《ようせい》は、その名のとおり、森をとびまわって、ほかの妖精《ようせい》はもちろん、通りかかる者にだれかれかまわず、おはなしをきかせる。

おはなし妖精《ようせい》は、クマがハチミツを食べるように言葉を食べるの。いつも新しい言葉をさがしてて、それをつかって、自分たちが語るおはなしに味つけをする。

「〝でも、いまはそりのようすを見にいくとこなの〟」

空とぶおはなし妖精《ようせい》は、あたしの言葉をくりかえし、なにかまずいものでも口に入れたみたいに、ちっちゃな鼻にしわをよせた。そして、もう一度くりかえした。

「〝でも、いまはそりのようすを見にいくとこなの〟。いまくれた言葉は、まったくなんのへいへんてつもないな」

「ごめんなさい。いま、ちょっと悲惨《ひさん》な目にあったばかりなのよ」

「〝ごめんなさい。いま、ちょっと悲惨《ひさん》な目にあったばかりなのよ〟。うーん。そうだな。こっちのほうがいい。〝**悲惨**《ひさん》〟ってのは、いい言葉だ。〝災厄《さいやく》〟ほどではないけどね。あるいは、

〝厄災《やくさい》〟ほどでもない。〝不可能《ふかのう》〟ほどでも。不可能《ふかのう》ってのは、エルフがつかうののしり言葉だよ。おれはこの言葉をつかうのが好きだ。とくに、エルフども前でね。不可能《ふかのう》。不可能《ふかのう》。やつら、めちゃめちゃいやがるんだぜ」

「ねえ、きいて。あなたのお話、とっても楽しいけど、あたし、ほんとにそりを見にいかなきゃならないの」

空とぶおはなし妖精《ようせい》はにっこりし、手を打ちならした。

「そうさ。これこそ、不可能《ふかのう》のいい見本だ。現実《げんじつ》を受けいれろよ。そりを見るなんて不可能《ふかのう》だ。さっき、その上をとんできたけど、もうぐしゃぐしゃだったぜ」

「それでも、とにかくいくわ」

あたしは歩きだした。

すると、妖精《ようせい》はとたんに悲しそうな顔をした。

「待って……待ってくれよ。もうひとつでいいから、おれのまだきいたことのない言葉をくれないか？」

あたしは考えてみた。ほんとになにか新しい言葉を教えてやらないと、いつまでもつきまとわれそうだとわかったから。

妖精《ようせい》は、あたしの腕《うで》の中のスートを見た。

「そいつはなんだ？」

「猫《ねこ》よ」

「**猫《ねこ》？　猫《ねこ》？　猫《ねこ》！**　なんてすてきな言葉なんだ。猫《ねこ》、猫《ねこ》。ありがとう、ありがとう。この言葉、はじめてきいたよ。猫《ねこ》なんて、はじめて見た」

「このへんにはあんまりいないみたいね」あたしは、スートを地面におろした。「とにかく、お話しできてよかったわ。じゃ、さよなら」

あたしの気持ちが通じたようで、妖精《ようせい》はさっと木々のあいだをぬけて、どこかにとんでった。ブリッツェンとスートとあたしは、そのままそりまで歩いていった。そりの残がいといったほうがいいかもしれないけど。

あのピクシーの男の子がいったとおり。

ほんとに、めちゃくちゃになってた。

「こんなことになるなんて」

ダッシュボードはつぶれてる。希望計にはひびが入ってるし、推進《すいしん》ユニットのダイヤルはくるくる空回りしてる。あっちからもこっちからもバネがとびだし、シートは完全にはずれて、半分そりの外に出ていた。車体にも大きなひびが何本も走ってる。そりそのものが、いまにもまっぷたつになりそうな感じ。**ほんとに悲惨《ひさん》**。ほんの数分前には、それまでの人生で最高の気分だったのに、いまはひどい気分だった。

「ブリッツェン、どうしたらいい？」

でも、ブリッツェンはこたえてくれない。頭を地面に低く下げ、またフガフガいってる。だけど、今度はなんだか不安そうだ。

あたしは、森を見まわした。木々は高く、うす暗い。自分たちがどのあたりにいるのかも、ぜんぜんわからなかった。じきに日も暮《く》れてしまいそうだし、そうなったら、ほんとにこまる。でも、そりを置いたままエルフヘルムに帰ったら、やっぱりほんとにこまったことになる。

「よし。ブリッツェン、できることはひとつしかない。もう一度ハーネスをつなぐわね。それから、そりをひっぱって歩いて帰る以外ないわ。走っちゃだめよ。とぶのもだめ。これ以上、そりにダメージをあたえたくないから」

そう口にすると、あたしは泣きそうになった。だって、これ以上ひどいダメージなんて、あたえようもなさそうだったから。

あたしはブリッツェンとそりをハーネスでつなぎ、寒さにふるえるスートを抱《だ》いて、歩きだした。

あたしたちは、歩いて、歩いて、歩きつづけた。遠くで鳥の声がきこえる。ときおり、前方でピクシーの羽音《はおと》もした。地面には、まっ赤なキノコがはえてる。冷たい空気はマツの香《かお》りがした。木々は、空にとどきそうなくらい高い。枝《えだ》が太陽をおおいかくして、どの木の影《かげ》も濃《こ》く、もとの木と同じ、かたいほんものの木のように見える。そして森は、どこまでもはてしなくつづいてる気がした。

でも、いちばん不安を感じるのはそこじゃなかった。あたしが不安になったのは、そこがものすごくへんてこな場所だったから。なにか音がきこえる。だれかがハミングしてるような。ハミングはだんだん大きくなる。いったいどこからきこえるんだろう？　やがて、あたしは気づいたの。それは**そこらじゅう**からきこえてるんだって。歌ってたのは、花。背《せ》の高い青緑の花がとつぜん、あたり一面にあらわれた。よく見ようとしてかがみこむと、ハミングはさらに大きくなった。低くて、ものすごくぶきみな歌よ。そして、近づけば近づくほど、ハミングは大きくなるの。

「あるところに、花がありました」上のほうから声がした。「花はいつもハミングしていました」

見ると、女のおはなし妖精《ようせい》がひとり、木の枝《えだ》に腰《こし》かけて木イチゴを食べてた。

あたしはいちばん近い青緑の花をふりかえった。

「あるとき、女の子がその花のにおいをかいでいました。まるでバラでもかぐように。すると、花がつばをはいたのです。女の子の鼻めがけて」妖精《ようせい》は、ため息をついた。「それは〝つばはき花〟だったのです。あまり近くによると、その花は――」

まさにそのとき、すぐそばの花が、すさまじいにおいのするまっ青な液体《えきたい》を、ブシュ――ッと、あたしの顔にふきつけた。

「あーあ、わたしはハッピーエンドが好きなのに」妖精《ようせい》は笑った。そして、どこかにとんでいきながら、「死ぬまでにあと十秒」といった。

「なんですって?」

「安心して！　いまのはじょうだん。ほんとは五秒だから」

あたしは大あわてで顔の液体《えきたい》をふきとり、スートの毛についたぶんを、そでぬぐった。

あたしはスートの目をのぞきこみ、ささやいた。

「ごめんね、スート。ほんとにごめんなさい。あなたは世界一の猫《ねこ》だったわ」

そして、死ぬのを待った。でも、五秒たち、十秒たち、一分たっても、まだあたしは息をしてた。キャプテン・スートもね。あたしは、スートをぎゅっと抱《だ》きしめた。

「よかった！　生きてるわ！　生きてる！」

スートは、べつにおどろくことじゃないとでもいうように、ニャオと鳴いた。それからまた、あたしたちは歩きだした。

森には、おかしなものがいっぱいいた。というか、おかしなものばかりだった。頭がふたつあるリス、目が四つもある小さなクマの一団《いちだん》も見た。ネズミのようにちっちゃいくせに、ブリッツェンの足をよじのぼって、おそおうとしたのよ。

そのあと、いちばんへんてこなものに出あった。一見ごくふつうのマツの木なんだけど、木の皮がまぶたのようにひらいてふたつの目があらわれ、その下に穴《あな》があいて口になった。

「まいごじゃな？」

あたしはおどろいてあとずさり、スートを抱《だ》く手に力をこめた。

「木なのに、しゃべれるの？」

「ああ、見てのとおりさ。わしは〝しゃべる木〟じゃ」木は、しゃべりながら、ため息をもらした。「おまえさん、まいごじゃろう？」

「どうしてわかるの?」

「ここでは、みんなまいごになる」

「んー、でも、あたしたちは、まいごってわけじゃないの。いきたい場所はわかってるから。ただいきかたが、いまひとつわからないだけ」

「それをすなわち、まいごというのじゃ」木は、なんだかえらそうな感じだった。

「んー、そうかもね。でも、べつにたすけは……あ、いえ、たすけてください。うちに帰りたいんです」

木はほほえんだ。ほほえみというにはきみょうな笑いかただけど、木というのは、それ以外のほほえみかたを知らないの。

「〝うち〟などという場所はない。木ならば、みんな知っておる。どこへいこうと、うちはおのずとついてくる」

「おもしろいなぞなぞね。でも、あたしはほんとにエルフヘルムに帰りたいの」

木はフゥーッと息をはき、それにはしばらく時間がかかった。それから、とてもゆっくり話しだした。

「おまえさんは、へんてこなかっこうのエルフだな」

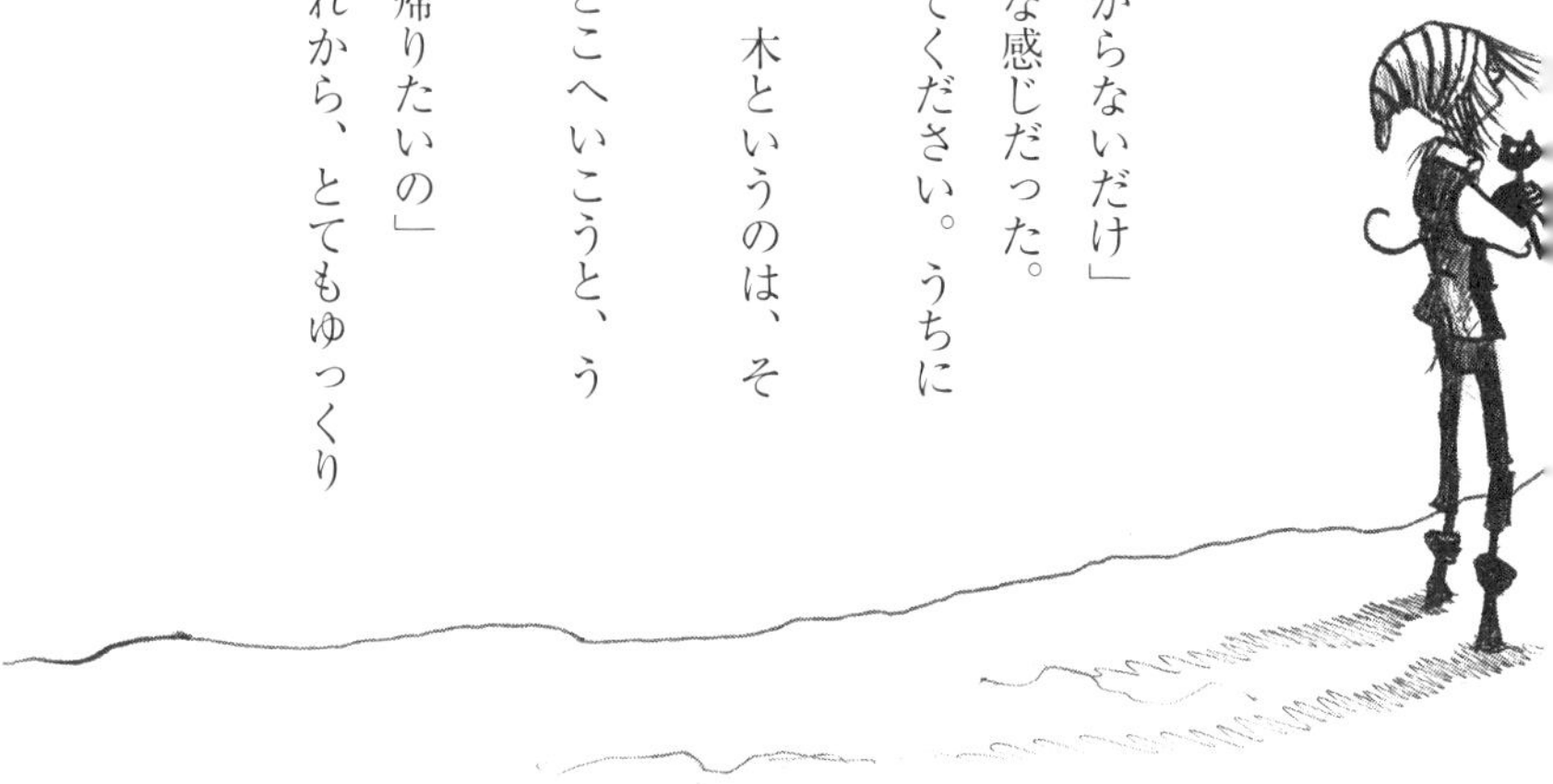

「エルフじゃないわ」

「なら、なんでエルフヘルムに帰りたいなどという?」

「あそこに住んでるから」

「ほほう。それなら、わしはヒナギクじゃよ」

「ちがうの。じょうだんをいってるわけじゃないの。お願い。道を知ってますか?」

ブリッツェンがなにかいいたげに肩《かた》をつついてきたけど、あたしは気にとめなかった。少なくとも、足首になにかがまきつくのを感じるまでは。下を見て、あたしはぎょっとした。木の根が一本、地面から出てきて、あたしの足にからみついてる。その根が、あたしを木の口のほうへひきずっていこうとしはじめた。

「悪いのう。おまえさんにうらみがあるわけではないんじゃが」

ブリッツェンが、あたしをとらえてる根っこに、思いっきりかみついた。木の根がするするっとほどけ、あたしは木が痛《いた》みにわめいてるあいだに、うしろにさがった。

あたしたちはしゃべる木から急いではなれ、また歩きはじめた。少しでも早く森から出たかった。そりのことでキップ先生にめちゃくちゃ怒《おこ》られるだろうけど、それでもかまわなかった。

それから一マイルほど歩き、また〝つばはき花〟のはえてるところを通り、むらさきのコケにおおわれた岩場を通ったけど、〝しゃべる木〟はもうあらわれなかった。

まつぼっくりがひとつ、足にあたって、とんでった。そのとき、見たの。なにかすごーくみょうなものが、少し先の森の小道いっぱいに広がってて、そこにまつぼっくりが消えるのを。

穴《あな》だ。

まんまるじゃないけど、暗くてまるい穴《あな》、影《かげ》より暗い穴《あな》が地面にぽっかりあいてたの。

あたしは穴《あな》に近づいた。ブリッツェンはそりをひきずって、穴《あな》をぐるっとまわりこんだ。

あたしは穴《あな》のふちに立って、下をのぞいてみた。直径は、たぶんそりの長さと同じくらい。

ううん、もうちょっと大きいかも。

下はまっ暗で、えんとつの中の暗闇《くらやみ》を思いだした。でも、森のまん中にどうしてこんな大きな穴《あな》が？　トロルがあけたんだろうか。ウサギかも。

こんなに大きな穴《あな》、とてもウサギのしわざとは思えないけど、コロンブス先生の地理の時間にきいた〝丘《おか》と穴《あな》の地〟に住むイースター・バニーとウサギの軍隊の話を思いだしたの。

でも、ウサギがいるのは、うんとうんと遠くのはず。べつの生きものがあけた穴《あな》かもしれな

い――あたしが一度もきいたことのない生きものかも。森が自分でつくったんじゃないかという気さえした。影《かげ》の重みが、そう感じさせたの。

とにかく、そこにいるのが、ものすごくこわかった。身を乗りだすと、闇《やみ》の中になにかが見えた気がした。影《かげ》がひとつ、さっと動いたような……。

あたしは、思わずとびすさった。

それからもう一度、ふちからおそるおそるのぞいてみた。

なにもない。あるのは、闇《やみ》だけ。

あとずさると、足の下で小枝《こえだ》がポキッと鳴った。あたしはとびあがり、スートを落としそうになった。

「ごめんね、スート。さあ、いきましょ」

あたしたちは穴《あな》をあとにして、木立《こだ》ちにおおわれた長い森の斜面《しゃめん》をおりていった。

スートが腕《うで》の中でもぞもぞ動き、あたりをきょろきょろしはじめた。

「落ちついて、スート。だいじょうぶよ。たぶん、もうそんなに遠くないから」

だけど、スートは落ちつかない。

鳥のように頭をあっちこっちに動かしてる。地面になにかをみつけたらしい。おさえこむ

ひまもなく、スートはあたしの腕《うで》からとびだし、ブリッツェンの足の下をくぐって、走っていった。
追いかけると、じきに黄色い屋根に黄色い壁《かべ》の小さな木の家が目に入った。エルフの家よりまだ小さい（エルフの家だって、そうとう小さいんだけどね）。あたしの頭とえんとつが、たぶん同じ高さくらい。スートはまっすぐその家に向かってる。スートが近づくと、家の戸があいて、スートは弾丸《だんがん》のような速さで中に消えてった。
「うそでしょ」
ふりかえると、ブリッツェンが

そりをひきずって、ゆっくりこっちにやってくるのが見えた。でこぼこの斜面《しゃめん》を進んでくる
そりは、キーキー、ギシギシ、苦しそうな音をたててる。
「気をつけて、ブリッツェン。ゆっくりでいいわ。あたし、ちょっとスートを迎《むか》えにいって
くる」
あたしは、黄色い家の戸口に立ち、少しかがみこんだ。なにしろ、ほんとに小さいドアだ
ったから。中から物音と声がきこえた。「だいじょうぶよ、マールタ。ママがついてる。マ
マがついてるからね」そのとき、スートがニャーオと大きく鳴くのがきこえた。
あたしは、ドアを三回ノックした。
そして、待った。
待った。
そして……。
ドアがあいて、女のピクシーが頭を突きだし、あたしを見あげた。大きな目は左右にはな
れてて、すきとおるようなはだに、エルフの耳よりもっととんがった耳をしてる。
それがだれかは、すぐにわかった。
「こんにちは。真実の妖精《ようせい》さんですよね？」

妖精《ようせい》はうなずいた。

「もちろんよ。どうして、きかなくてもいいことをきくの？　あたしがだれか、知ってるでしょ？　二度も会ってるもの。あんたは人間。人間界からきた。あたしは、あんたが最初に会ったピクシーよ。だから、〝はてなマーク〟なんかつけずにいいなさいよ。『こんにちは、真実の妖精《ようせい》さん』って。わかった？」

「わかったわ」

「けっこう。じゃ、ごきげんよう」

妖精《ようせい》は、あたしの鼻先でドアをバタンとしめた。

あたしは、またノックした。

そして、また待った。

待った。

待った。

妖精《ようせい》はドアをあけ、またあたしだとわかって、ものすごくがっかりした顔をした。

「今度はなあに？　話は終わったと思うけど」

「ううん。あたしまだ、いいたいことをいってもいないわ」

「いいたいことってなによ？」

「あたしの猫《ねこ》を返してほしいの」

「猫《ねこ》？　**猫《ねこ》ってなに？**」

「あれよ」あたしはスートを指さした。スートは、小さな暖炉《だんろ》のそばの黄色い敷物《しきもの》の上に満足そうにねそべってる。「あれが猫《ねこ》。**あたしの猫《ねこ》よ**」

「あら、**馬かと思ってたわ。**馬の話はきいたことがあるの。ファーザー・クリスマスが前に馬のことを教えてくれた。四本足で、つののないきれいな動物だって。でね、あー、ここに四本足でつののないきれいな動物がいると思って、これが馬ってやつにちがいないと思ったのよ。で、一分ほどはすごくうれしい気分だったの、馬を飼《か》えると思って。でもほんというと――あー、あたしはほんとのことしかいわないんだけどね、だって、真実の妖精《ようせい》だから――マールタはあんまり喜ばなかったの」

「マールタ？　それって、あなたの――」

「娘《むすめ》さん」といおうとしたんだけど、まだいわないうちから真実の妖精《ようせい》は、うんうんとはげしくうなずいて、こういったの。

「ネズミよ。そう、あたしのネズミ。マールタはいつものように森をお散歩してたんだけど、

とつぜん、ドアのとこでキーキーいう声がきこえて。あけてみたら――あけたのはドアよ、ネズミじゃなくて――マールタだけじゃなくて、あの馬まで入ってきちゃったのよ」

「猫《ねこ》よ」

「猫《ねこ》ね、正確《せいかく》には。マールタはものすごく興奮《こうふん》してたから、寝《ね》どこのたなにのせてやんなきゃならなかったわ」

真実の妖精《ようせい》は、あたしにも見えるように、もう少しドアをひらいた。たしかに、小さな茶色いネズミが、暖炉《だんろ》の上の、スートの手のとどかない安全なたなの上で、チーズをかじってた。

「ねえ、真実の妖精《ようせい》さん、あたしの猫《ねこ》

はぜったいあなたのネズミのそばにいないほうがいいわ。馬とちがって、猫《ねこ》はネズミを食べるのよ。スートがマールタを追っかけてたのは、まちがいなく――」

「あんた、**ぶさいく**ね」いきなり、妖精《ようせい》はいった。

「は？　なによ、**失礼**ね」

「ごめんなさい。どうしようもないの。あたしは真実の妖精《ようせい》だから。真実をいっちゃうのよ。悪口いいたいわけじゃないの」

「悪口にきこえるわ」

「なんで？　あたしは、これまでに三人の人間に会ったけど、三人ともひどいもんだわ。ファーザー・クリスマスとメアリーとあんたのことよ。三人の中でだれがいちばんましかっていえば、あたし、あんただってこたえると思うわ。けど、それでも見るにたえないひどさよ。その耳のせいね。まんまるすぎだわ。それに、目。人間の目って、まん中によりすぎなのよね。ばかみたいに見えるわ。それに、その背《せ》の高さ。いったいなんの得があるっていうの？それって心底わかんないんだけど。人間ってのはみんな、ほんとに必要な大きさよりずっと大きなスペースをとらずにはいられないみたいね。でも――気を悪くしないでね――人間にしては、あんたは**それほど**みっともなくないわよ」

「うれしいわ……たぶん」

「みっともないのは、あのメアリーってやつよ！　あんなの、見たことないわ。大きくて、ぼこぼこしてて、気味悪いったら！　それに、ドリムウィックがかかってるくせに、魔法《まほう》がぜんぜんつかえないんでしょ？　そうきいたわ」

「ちょっと！　やめてよ！　メアリーは世界じゅうでいちばんすてきな人よ」

真実の妖精《ようせい》は悲しそうな顔をし、足もとの小さなむらさき色の花を見おろした。「そうよ。見た目はひどいけど、とってもすてきな人に見えるわ」

「どうして、そんな悲しい顔をするの？」

真実の妖精《ようせい》は天井《てんじょう》をあおいだかと思うと、とびだしそうな言葉を必死におさえようとするように、口に手をあてた。「だって、あいつはあたしの**あこがれの人**と結婚《けっこん》したんだもの！　ねえ、お願い、これ以上きかか——」

「あこがれの人？」

思いだした。結婚式《けっこんしき》の日、妖精《ようせい》はいっていた。ファーザー・クリスマスには結婚《けっこん》してほしくないわって。

「それって、ファーザー・クリスマスのこと？」

「あああ！」妖精《ようせい》は半泣きになった。

「なんで？　なんで？　なんでそんなことときくの？　あたしは真実の妖精《ようせい》よ！　きかれたらほんとのことをこたえるしかないのに、どうしてそういうことばかりきくのよ！　ほんとはかくしておきたくても、あたしはかくしごとができない！　ほんとのことをいうしかないの。いわなきゃならないの。そういうふうにできてるの。ほんとのことをいうしかないのよ。そうよ、あたしはファーザー・クリスマスが好きよ。それに、そうよ、あの人があのぼこぼこしたすてきな人間の女と結婚《けっこん》した日は、いままで生きてたなかでいちばん悲しい日だったし、そうよ、あたしは毎晩《まいばん》まくらを抱《だ》きしめて、それがあの人の、でぶっちょで、でっかくて、やわらかいおなかだと想像《そうぞう》してるし、そうよ、クリスマス・イブにはあの人になにかおそろしいことが起きやしないかと心配で、ひと晩《ばん》じゅうねられないわよ」

妖精《ようせい》は、長距離《ちょうきょり》を走ってつかれきったように、ハアハアいっている。

あたしはちょっとあっけにとられて、その場に立ちつくしてた。

「ごめんなさい。気がつかなくて。あたし、ただ……ごめんなさい」

「わかってるわ。あたしが悪いと思ってるんでしょ。あたしみたいなちっちゃくてかわいいピクシーが、ファーザー・クリスマスみたいなでかくてみっともない人間を好きになるなんて、まちがってるっていいたいんでしょ。でも、白状《はくじょう》すると、これでもあたし、二百八十四歳《さい》なの。それってすごく若《わか》いけど、あの人ほど若《わか》くはないってこともわかってるわ。それに、ピクシー族は、ほかの生きものとしょっちゅう恋《こい》に落ちるの。トロルが好きになったおはなし妖精《ようせい》もいるわ。いっしょに住んでたの、トロルの耳の中によ。でも、その子は死んじゃった。耳から出られなくなっちゃったのよ。耳あかのせいで。ほら、トロルってそこが問題なのよね。大量の耳あかが出るの。ああ、かわいそうなフリッター。でもね、そうなのよ、あたしみたいに頭がよくてチャーミングな女の子が、毛むくじゃらで『ホッホッホー』なんて笑いかたをする**エルフ好きの人間**に恋《こい》するのはちょっと常識《じょうしき》はずれに思えるでしょうけど、どうにもならないのよ。恋《こい》ってのは、恋《こい》だから恋《こい》なのよ」

あたしは、なんとか話を理解《りかい》しようとした。けど、そこで、あたしは妖精《ようせい》の恋《こい》の話をききにきたわけじゃないことを思いだした。あたしは、猫《ねこ》を返してもらいにきたんだった。エルフヘルムにもどらなきゃならないし、キップ先生にそりを見せないといけない。

そのとき、妖精《ようせい》は気がついた。こわれたそりと、それをひいてそろりそろりと木々のあいだをぬけてくるブリッツェンに。

「あれ、ファーザー・クリスマスのトナカイじゃないの？」

「そうよ」

「あのそり、どうしたのよ？」

どうしてそりがそうなったかを話すと、妖精《ようせい》はあたしに、中に入ってケーキを食べ、それから猫《ねこ》を連れてくことにしたらどうかといってくれた。

「えんりょしといたほうがいいと思う。おそくなると、やっかいなことになるだろうから」

「どっちみち、やっかいなことになると思うけど」

「どのくらいやっかいなことになると思う？　ほんとのことを教えて」

妖精《ようせい》がそうするしかないことは、わかってた。

「**ものすごく**やっかいなことよ。エルフって連中のこまったとこはね、あんなに陽気で、楽しくて、六月でもクリスマス・ソングばっかり歌ってるくせに、ほんとはとってもきびしい生きものだってとこよ。ファーザー・クリスマスのためにおもちゃ工房《こうぼう》であんなにいっしょうけんめい働くのは、おかしなぼうしをかぶって、ゆかいな服を着てても、エルフってやつは心の中ではきっちりしたことが好きだからよ。決まりごとが好きなの。ルールにしたがうのがね。物事がとどこおりなく進むのが好きなの。それで、もしうまくいかないことがあれば――だれかが失敗をやらかしたら――ほんとに、ほんとに、ほんとに、ほんとに、ほんとうに、怒《おこ》るの」

「そんな……。ほんとが五回。キップ先生みたい」

「え？」

「なんでもないわ。ケーキをすすめてくれて、どうもありがとう。ほんとにご親切に。だけど、もう帰ったほうがいいと思うの。だから――その――あたしの猫《ねこ》を返してもらえませんか？　お願いします」

　真実の妖精《ようせい》は、スート

を抱《だ》きあげ、運んできてくれた。ピクシーにとってはものすごく重かったみたいで、顔がまっ赤になってる。

「ほんとにこれ、馬じゃないの？」

「うん。ぜんぜんちがう」

　あたしはちょっとかがんで、スートを受けとった。スートはごきげんでゴロゴロいってる。どうやら、その前のできごとのショックからは、立ちなおったみたい。

「はい、どうぞ。ちゃんと返したわよ。あんたの話からすると、こいつはのろわれてるようね」

「ただの猫《ねこ》よ」

「まあ、いいわ。さよなら。で、お願いだけど、ファーザー・クリスマスにはぜったい、ぜったい、いわないでね……その……**あたしがあの人を好き**だってこととか、まくらのこととか、そういう話」

「いわない。約束する」

「約束ってのは、うそつきがするものよ。いつでもほんとのことをいってたら、約束なんか必要ないもの」

あたしは、にこっとした。「じゃ、人間には約束が必要ね。約束する。なんにもいわないわ」

ブリッツェンはもう、あたしのすぐとなりにきてた。あたしの肩《かた》のところに鼻先があって、小さな妖精《ようせい》を見おろしてる。

「ブリッツェンよ」

妖精《ようせい》は顔をしかめた。「知ってるわよ。ファーザー・クリスマスのお気に入りだもの。特別なトナカイなのよ。あたしが大きくて、くさくて、頭に木の枝《えだ》をはやしてたら、あの人はあたしのことも特別だと思ってくれるかもしれないわね」

「**あなただって、特別よ**。だって、真実の妖精《ようせい》なんだもの」

妖精《ようせい》は首をふり、自分のくつを見つめた。「ええ。そのとおりよ。あたしは真実の妖精《ようせい》。でも、真実なんてだれが歓迎《かんげい》する？　だれもいないってのが、こたえよ。あんた、いつわりの妖精《ようせい》に会ったでしょ？　あたしが生きてきた中で最悪の日に」

「あなたが生きてきた中で最悪の日？　ああ、あの結婚式《けっこんしき》の日ね。会ったわ」

「あれがね、あたしのかつての恋人《こいびと》。ここからもう少し南に住んでるの。みんな、いつわりの妖精《ようせい》が好きよ。あいつは、みんながききたいと思ってる言葉をいうから。あいつなら、あんたに人間ってすばらしいねっていうわ。まるい耳もとんがった耳と同じくらいすてきだよって。エルフヘルムにもどったって、やっかいごとなんてなんにも起こらないし、起こったとしても、そんなのすぐにすぎさって、なにもかもまたうまくいくよっていうわ」

「そうね」あたしは、いつわりの妖精《ようせい》があたしの耳をすてきだといってくれたことを思いだした。「あいそのいい妖精《ようせい》だった」

「ええ、そのとおり。だけど、いいやつじゃないわ。言葉が相手の真実をあらわすとはかぎらないのよ」

網目《あみめ》のような森の木の枝《えだ》をすかして見える空は、ほんのりピンクにそまってた。もう夕暮《ゆうぐ》れ。じきに暗くなる。

「ほんとにもういかなくちゃ」

「ええ、ほんとにいったほうがいいわ」

「ここからエルフヘルムまで、どれくらいかしら？」

「丘《おか》をまっすぐおりてけば、そのうちおもちゃ工房《こうぼう》の塔《とう》が見えてくるわ。下りは登りより速いから、一万分もしないうちに着けるはずよ」

「一万分？　それって長くない？」

「ピクシーの時間でよ。ピクシーの一分は、ほかの生きものの一分より短いの。一万分なんて、ほんとのとこ、すぐよ。ケーキを焼く時間くらいだわ」

「なるほどね。すてき。どうもありがとう、真実の妖精《ようせい》さん」

そのとき、たぶん、あたりが暗くなってきて、頭の中でますます不安がふくらんできたせいだと思うけど、あたしはもうひとつ、気になってたことを思いだして、質問《しつもん》した。「ねえ、地面の穴《あな》のこと、なにか知ってる？」

「穴《あな》？」

「ええ。穴《あな》があるの。むこうに」あたしは指さした。「あっちよ」

真実の妖精《ようせい》はうなずいた。「ああ、そうね。あたしも見たわ」

「じゃ、あれをどう思う？　トロルのしわざかしら？　それとも、ウサギ？　イースター・バニー？　ピクシーがつくった可能性《かのうせい》もある？」

「わからない」

「でも、あなたは真実の妖精《ようせい》なんでしょ？」

「そうよ。真実の妖精《ようせい》よ。知識《ちしき》の妖精《ようせい》じゃない。なんでも知ってるわけじゃないわ。知ってれば真実を話すけど、知らないことには知らないっていうしかないの。あたしにわかるのは、森のまん中にできた大穴《おおあな》なんて、たいてい、いいものじゃないってことだけよ」

「じゃ、このことを話したら、ファーザー・クリスマスはどうすると思う？」

「心配するでしょうね。心配ってのは希望の反対よ。希望をうばうわ」

「それでもし、希望がなくなったら……」あたしは、声に出して考えていた。「……クリスマスがなくなる。クリスマスはもう目の前なのに」

「そうよ」妖精《ようせい》はため息をついた。「それが真実」

あたしは妖精《ようせい》にお別れをいって、教えられたとおりに歩きだした。そのうち、遠くにエルフヘルムのカラフルな建物が、木立《こだ》ちをすかして少しずつ見えてきた。穴《あな》のことは、ファーザー・クリスマスにはなんにもいわないでおこうと決めた。森であった、ほかのよくないことについても、いわないことにした。心配ごとは、そりの件《けん》だけでじゅうぶんだもの。

9 ラッカパイ

おいしそうなラッカのパイが、ほかほか湯気《ゆげ》をたててる。ファーザー・クリスマスがメアリーのレシピにそって焼いてくれたの。メアリーはそのあいだ、クリスマスのかざりつけを、ドリムウィックをつかって、念じるだけでやってやろうとがんばってたんだけど、結果はみじめなものだった。クリスマスボールは、かたむいたツリーから落っこちそうになってるし、紙でつくった雪の結晶《けっしょう》やくさりは、部屋じゅうにちらばってる。

あたしたちは三人でテーブルをかこんでて、テーブルのまん中にはパイが置かれ、あとは食べるだけになってるけど、楽しい気分にはなれなかった。

ファーザー・クリスマスは、あたしをしからなかった――本気ではね。ただ、あたしの話をきくと、ため息をつき、首をふり、がっかりしたような顔になった。しかられるほうがましかもしれない。ファーザー・クリスマスが、がっかりした顔をしてる。しかも、そんながっかりした顔をさせたのは、ほかのだれでもなく自分だとわかってる。やりきれない気分だった。

メアリーがパイを切りわけ、あたしにひとつをくれた。

「心配することたあないよ。これが最悪ってわけじゃないんだから。ともかく、あんたは生きてんだもの。だいじなのはそこだよ、ねえ、ニコラス？」

「そうとも。そのとおりだ」

でも、ファーザー・クリスマスはまだ顔をしかめてた。この状況《じょうきょう》を少しでもよくする言葉があるならいいたい。

ファーザー・クリスマスが口をひらいた。「キップは、ほんとに、ほんとに、ほんとに、ほんとに、ほんとうに、かんかんだ。こんなひどいありさまのそりは、見たことがないといってたよ。希望計は手のほどこしようがない。キップの商売は、もともと苦しいんだ。そり学校をつづけていけなくなるかもしれんし、この先、キップがつくったそりでとぶのをみんながおそれるようになったらどうしようと、頭を痛《いた》めてる。気の毒なことだ」

「そんな、うそでしょ……?」

「いや、ほんとうさ」

「あたしが悪いんじゃないの。だって、スートがついてきてたなんて、知らなかったんだもの。気がついたのは、もう出発ってときだったの。それで、もうどうしようもなくて」

「しかし、猫《ねこ》がいるってことをキップに話すことはできただろう?」

「でも、そしたら、キップ先生はあたしにそりをおりろっていうわ」

「ふむ、公平に見て、たぶんキップが正しいよ」

申しわけない気持ちが、どっと胸《むね》にあふれた。

「あたし、先生がそりを直すのを手伝うわ」

でも、ファーザー・クリスマスは首をふり、「だめだ」といった。

「だめ？」

「だめなんだよ。キップはかなり変わり者のエルフでね。わたしはやつが大好きだが、しかし、あいつは変わり者だ。独特《どくとく》だよ。ほかのエルフとちがって、まったく社交的じゃない。パーティーやなんかも、好まないくらいだ。一度、おもちゃ工房《こうぼう》で働いてもらえないかといってみたことはあるんだが、ことわられたよ。わたしの申し出をことわったのは、まあ、もちろんファーザー・ヴォドルをべつにすればの話だが、これまでキップひとりさ。しかし、じ

っさいは、とても傷《きず》つきやすいエルフなんだ。子どものころにあった、あるできごとのせいで……いや、アメリア、ちょっとこみいった話でね。ともかく、きみに悪気がなかったのはわかってる。だが、なんとかして、わたしたちでうめあわせはしなきゃならんと思うよ。そうだろう？」

あたしはうなずいた。「はい。でも、どうしたらいいの？」

ファーザー・クリスマスは、あごひげをかいた。「そうだな。あのそりは、とても高価《こうか》なものだった。なんたって、ブリザード３６０だからな」

「知ってるわ。先生からきいたの。**千コインチョコレート**もするんですって」

「よし、それをべんしょうしよう」

「でも、どうやって？」メアリーがきいた。「あたしたちは、どこからもほとんどお金をいただいちゃいませんよねえ？　そもそも、エルフ議会の長であるあなたが、あたしたちにほとんどなにもくださってないんですものねえ！」

「お金ならあるさ。心配無用！　さあ、いまからチョコレート銀行へいって、おろしてくるとしよう！」

10 チョコレート銀行

　あたしは、ココアのような、チョコレートのあまくてすてきな香《かお》りをすいこんだ。ファーザー・クリスマスが指さすほうを見ると、銀行の奥《おく》にエルフの銀行員が何人もいて、金色のコインがつまった大きなふくろをかかえて運んでた。

「あのコインがなにでできてるか、わかるかな？　チョコレートだよ。エルフのお金は、ぜんぶチョコレートでできてるんだ。世界でいちばんおいしいチョコレートだよ」

「あたしにゃいまだに、まったくばかげた話に思えますけどね！」メアリーが笑った。

　ファーザー・クリスマスはつくえの前にいる銀行員のほうへ歩いていった。胸《むね》の名ふだには「ソブリン」とある。

「やあ、ソブリン」

「まあ、ファーザー・クリスマス！」ソブリンは、うれしそうな笑《え》顔《がお》になった。「ようこそ、

銀行

おいでくださいました！　そちらは、あなたと暮《く》らしてらっしゃるという人間さんたちですね」

「ああ、そうだ。メアリーとアメリアだよ」

「はじめまして」メアリーとあたしは、同時にいった。

ソブリンはクスクス笑った。「ワオ！　人間って背《せ》が高いのねえ。あなたと同じくらいありますね、ファーザー・クリスマス」

「ああ、正確《せいかく》にいえば、わたしも人間だよ。ドリムウィックがかかってはいるが、人間は人間だ。ところでソブリン、どうしてもお金が必要になってね、口座《こうざ》からおろしたいんだ」

「けっこうですとも、ファーザー・クリスマス。それで、いかほどご入り用ですか？」

ファーザー・クリスマスは「ン、ンンッ」とせきばらいをして、「千コインチョコレートほど、たのむ」といった。

ソブリンは、いすからころげおちそうになった。**「せ、千コインチョコレート？」**

「ああ。たのむよ」

ソブリンはつくえの下から帳面を出した。表紙に**「みんながどれだけお金を持ってるか」**と書いてある。

「あー」ソブリンが声をもらした。「あー、あー」

「『あー』とは？」

「あー、これは」

「『あー、これは』というのは？」

「あー、これは、預金《よきん》残高が不足してらっしゃいますね」

「いま、わたしの口座《こうざ》にはどれだけあるのかな？」

「八百三十七コインです。おかしいですね。十一月には二万三千七百二十九コインお持ちだったはずなんですが」

ファーザー・クリスマスはため息をつき、きまり悪そうな顔をした。「それがその……じつは……ほとんど食べてしまって」

ソブリンは顔をしかめ、いけませんねというように首をふった。「お金を食べちゃいけませんよ、ファーザー・クリスマス」

「しかし、あんまりうまくてね。それに十一月だったんだ。クリスマスが近づくと、どんどんストレスがたまってしまって……。きみたちは、なんだってあれを**あんなにおいしく**つくるんだ？　新開発のあのチョコのうまさときたら、信じがたいよ」

「ええ、ココが考案した新しいレシピです。この秋から導入《どうにゅう》しています」

「まったくナンセンスだ。もしお金を食べてほしくないんなら、あんなにおいしくしちゃだめだろう」

　ソブリンはため息をついた。「ここはエルフヘルムですよ。なにもかもがナンセンスです。たとえば、あなたがエルフ議会のリーダーで、しかもおもちゃ工房《こうぼう》をとりしきってるのに、自分への給料として、毎月たった五十コインしかはらってないってこともね」

「そりゃあそうさ。わたしのために働いてくれてるみんなより多くはもらえないよ。みんな、よく働いてくれてるからね。それに、わたしはお金のためにやってるわけじゃない」

「そうなさってもいいと思いますよ」と、ソブリンはいった。

「で、ちょっと借りることはできないかな？　足りないぶん、百六十三コインでいい」

ソブリンは頭をかき、考え、また頭をかいた。「いいですよ、はい。だいじょうぶです」

「そうこなくっちゃ」

「ですが、半年ほどお待ちいただきます」

「半年だって？」

「ええ。エルフは働き者ですが、書類仕事は苦手でして。ごぞんじのとおりです。ピクシーよりひどい」

ファーザー・クリスマスは顔をしかめた。「ピクシーより？　さすがにあれよりひどくはないだろう」

「申しわけございません」ソブリンはあやまった。

「しかたない。自分でかせぐとするよ。そのくらい、すぐにたまるさ」

「あたしも、どうにかしてお金をかせぎます」家にもどると、あたしはいった。

メアリーは、頭が落っこちるんじゃないかと思うくらい強く、首をふった。「ばかなこというんじゃないよ、アメリア。あんたは学校があるだろ？　それに、まだ十一歳《さい》じゃないか。働くには早すぎるよ」

あたしは、肩《かた》をすくめた。「あたしは八歳《さい》から、ロンドンでいちばんきたなくてすすだらけのえんとつを、そうじしてきたのよ。働くことはできるわ。あたしは、働くようにできてるの……キップ先生のところにいって、そり学校にお手伝いがいらないか、きいてみる」

ファーザー・クリスマスは、ため息をついた。「いっただろう。あいつはちょっと変わってる。ひとりで仕事をするのが好きなんだ」

「わかってる。でも、先生がるすのときにいって、そうじするってのはどう?」

「しばらくキップとは距離《きょり》をおくのがいちばんだと思うがな」

キャプテン・スートがあたしのひざにとびのり、ゴロゴロのどを鳴らしはじめた。なにか変だと気づいたみたいだ。あたしは、とっておいたパイをひと口かじった。ほんとにおいしい。だけど、それを楽しめなかった。気がとがめてならなかったから。そのせいで、なにも楽しめない。おいしいラッカのパイさえも。

「じゃ、またえんとつそうじからはじめるしかないわね」

メアリーがおびえたように目をむいた。「えんとつそうじだって? アメリア! もうそれは過去《かこ》の話だよ。そんな暮《く》らしからせっかく救《すく》いだしてもらったんじゃないか」

「わかってる。でも、それならじょうずにできるの。エルフのことはうまくできない。だけど、えんとつそうじのことなら、わかる。それに、それほど悪くないわよ。救貧院《きゅうひんいん》ほど悪くない」

だけど、ファーザー・クリスマスも、首をふった。「いや、アメリア。きみにはできない」

「どうして？」

「エルフのえんとつの大きさを見ただろう？　あの中に入るのはむりだ」

たしかに、そう。エルフのえんとつ……それは、エルフの村のほかのすべてのものといっしょで、人間界のものよりずっと小さかった。

「文字どおり、エルフのえんとつをのぼる道はない。のぼれたとしても、ぜったい出てこられない」

「でも、あなたはどんなえんとつでももぐれるでしょ？」

「エルフのえんとつにはもぐれないことになってる。決まりでね。だが、そういう問題じゃない。わたしにはドリムウィックがかかってる。わたしは魔法《まほう》がつかえる」

「どうして、あたしにドリムウィックをかけることはできないの？」エルフヘルムの中で自分ひとりが魔法《まほう》とは縁《えん》のない生きものだと考えると、おそろしいような心地《ここち》がした。スートのほうがまだ魔法《まほう》の生きものという気がする。だって、猫《ねこ》だから。猫《ねこ》ってのは、なんとなく魔法《まほう》の生きものって感じがする。なんたって、猫《ねこ》なんだもの。

「わかってるだろ、アメリア。死んだ人間――いや、死にかけてる人間でないと、ドリムウィックをかけられない。ドリムウィックによって、息をふきかえさせるんだ。だれかれかまわずドリムウィックをかけることはできない。ドリムウィックは心底からの希望の魔法《まほう》だ。ごまかしはきかない。それは、とても危険《きけん》なことなんだよ」

「それに、ドリムウィックがかかってりゃドリムウィックをつかえるってもんでもないよ」メアリーもいった。「あたしがドリムウィックをかけられてもう一年近くになる。それに、週一回のレッスンに通っちゃいるけど、いまだに宙《ちゅう》にうくこともできなきゃ、さわらずに物を動かすこともできないし、時間を止めることも、なにもできない。ごらんよ、このクリスマスかざりを」

あたしたちは部屋を見まわし、笑いだした。

「スピクル・ダンスだって、できやしない」メアリーがクックッと笑った。

ファーザー・クリスマスは、メアリーの手にふれた。「そのうちできるさ、メアリー、そのうちにね」

メアリーはため息をつき、あたしを見つめた。「ともかくさ、あんたの存在《そんざい》は、そのままでも魔法《まほう》だよ、アメリア」

今度は、あたしがため息をつく番だった。長いため息を。

そのとき、ファーザー・クリスマスのひとみがきらっと光った。「そうだ！　おもちゃ工房《こうぼう》で働けばいい」

「おもちゃ工房《こうぼう》で？」

「そうだよ。土曜日にね。それに、今度の土曜は、ただの土曜日じゃないぞ。クリスマスの前の土曜日だ。クリスマス前の一週間、エルフたちには一日二百コインチョコレートがしはらわれる」

「だけど、もし、あんまりうまくできなかったら？」

ファーザー・クリスマスは、あたしがよっぽどばかばかしいことでもいったみたいに、大声で笑った。「うまくできるに決まってるさ」

「でも、学校では、おもちゃづくりもひどいもんだったわ」

あたしのそんな不安をハエみたいに追いはらおうとするように、ファーザー・クリスマスは、ぱたぱたと手をふった。「おもちゃ工房《こうぼう》の仕事はおもちゃづくりばかりじゃないぞ。やることは山ほどあるんだ。なにか仕事をみつけてあげよう」

あたしは笑顔《えがお》をつくった。まだ不安だったけど、すでに自分がやっかい者だと証明《しょうめい》してるのに、これ以上やっかいをかけたくはなかったから。

「わかった。はじまりは何時？」

「〝めちゃめちゃ早い〟からだ。エルフがいちばん好きな時間だ」

つい、「あたしはエルフじゃない」といいそうになった。だけど、ぐっとこらえて、心の中でいうだけにしておいた。

11 最高の魔法《まほう》

というわけで、クリスマス前の土曜の〝めちゃめちゃ早い〟に、あたしはジンジャーブレッドの壁《かべ》にかこまれた、おもちゃ工房《こうぼう》の広ーいホールにいた。そこに入ったのははじめてで、エルフたち――何百というエルフがせっせと働いてるようすを見て、おどろいてしまった。ファーザー・クリスマスは工房《こうぼう》の中を案内し、あれがなに、これがなにと、指さしてはあたしに教えてくれた。

大きなまるいテーブルでは、エルフたちがテディベアやトナカイのぬいぐるみ、犬のおもちゃを、ものすごいスピードでぬってる。針《はり》のめまぐるしい動きを見てると、なんだかおそろしくなってきた。あたしがちょっと青ざめるのを見たファーザー・クリスマスは、こういった。

「心配することはない。ぬいぐるみはぬわなくていいよ。ぬいぐるみ担当《たんとう》のエルフたちは、エルフヘルムでもいちばん経験《けいけん》を積んだおもちゃ職人《しょくにん》だ。クリスマス前の追いこみでは、テディベアを一時間に千個《こ》もつくるんだよ」

その先に歩いてくと、またべつのテーブルがあった。そこには赤い大きな印刷機があって、ひとりのエルフが大きな緑のボタンをおしてた。ボタンはいくつかあって、ボタンによって、ちがう本が機械の上のほうからとびだし、それぞれべつのエルフの手の中に落ちる。

ファーザー・クリスマスは、いった。「本はなによりのおくりものだ。どんなものも、本には、はるかにおよばない」

『オリバー・ツイスト』が、機械からとびだしてきた。作者のチャールズ・ディケンズは、あたしの大好きな作家で、一度会ったこともある。メガネをかけたエルフが本を受けとめ、表紙をひらいて、読みはじめた。

「あれならできるわ」エルフが本に目を通し、まちがいがないかたしかめてるのを見て、あたしはいった。「あたしにぴったりの仕事よ。それに……」

「かんたんそう」といおうとしたんだけど、すぐに、ぜんぜんかんたんじゃないことがわかった。そのエルフは、見たこともないスピードで読んでる。指は一秒ごとにページをめくり、頭はめまぐるしく上下に動いてる。その動きが速すぎて、一秒ごとにぼうしが落っこちそう

おこすな

になってた。

「アナベルだよ。ここでいちばん読むのが速い」

ホールの奥《おく》へ進んでくと、急にあたたかくなってきた。あたりを見ると、たくさん木がはえてて、そこに何千という小さなオレンジの実がなってた。

「ミカンの木だ。たくさんのくつ下の中にひとつずつミカンを入れておくってのは、気がきいてるだろう？　ちょっと特別な感じがする。なにせ、ミカンだからね！　どうかしてるってトポは思ってるようだが、子どもたちはきっと喜ぶ。魔法《まほう》ってのはおもちゃばかりじゃないんだってことを、いつも思いだしてくれるだろう。魔法《まほう》はどこにでもある。一本の木になる一個《こ》の果実《かじつ》にもだ。だから、クリスマス・イブにちょうど熟《じゅく》すように育ててるんだよ」

その先で、部屋はまたすずしくなった。工房《こうぼう》の中でいちばんにぎやかな一角だ。何百というボールを投げたり、はずませたり、お手玉にしたりして、テストしてる。

そばでは、おおぜいのエルフが、金属《きんぞく》でできたコマの上にかがみこんで、ハンマーで形をととのえたり、色をぬったり、回してみたりしていた。

「まず、ここからためしてみたらどうかと思ってるんだ」ファーザー・クリスマスは、ほがらかにいった。「新人エルフの大半がここからはじめる」

　またあの言葉がのどもとに出かかった。「あたしはエルフじゃない」。だけど、あたしは笑《え》顔《がお》をくずさずにいった。

「わかった。それで、ええと、なにをすればいいの？」

「それはハンドラムにきかないとな。おいで、アメリア。紹介《しょうかい》してあげよう」

「いたいた」ファーザー・クリスマスは、神経質《しんけいしつ》そうなエルフの背中《せなか》をぽんとたたいた。青と白のしまのチュニックは、サイズが合ってないのか、ちょっときつそうだ。エルフはよろけ、はずみでメガネを落としてしまった。

「ハンドラムは、はねるおもちゃと回るおもちゃ担当《たんとう》の副部長補佐《ほさ》だ」と、ファーザー・クリスマスは説明した。

　ハンドラムは赤くなり、メガネをひろってかけた。

「この工房《こうぼう》でも、いちばん熱心な働き手だよ。肩書《かたが》きは副部長補佐《ほさ》だが、週末には実質《じっしつ》、ハンドラムが中心となって、はねるおもちゃと回るおもちゃの**すべて**をとりしきってる。なあ、ハンドラム！」

「こ、こ、こんにちは、ファーザー・クリスマス」ハンドラムがあいさつした。ハンドラムはちょうど、ボールをはずませて、どこまで高く上がるかをはかってるところだった。わき

にもうひとりエルフが、巻《ま》き尺《じゃく》を持って立ってる。

「ハンドラム、アメリアは知ってるだろう？　人間だ」

ハンドラムはうなずき、「なるほど、なるほど」と、ぼそぼそつぶやいた。

「おもちゃ工房《こうぼう》で働きたいそうだ。週末だけだがね。ここにいるエルフのだれより背《せ》が高いとはいえ、まだ十一歳《さい》なんだ。学校にもいかなきゃならないからね」

「はじめまして、ハンドラムさん」あたしは手をさしだした。

ハンドラムさんは、あたしの手を見て、ひどくおびえたようだった。大きさのせいかもしれない。だけど、れいぎ正しく握手《あくしゅ》はしてくれた。

「は、はじめまして、アメリア」

「じゃあ、あとはハンドラムにまかせよう。なにをすればいいか、教えてくれるよ。じゃあ、十時間後に」

「十時間後？」

おどろいてききかえしたけど、ファーザー・クリスマスはもうむこうに歩きだしてる。あたしは、ハンドラムさんのほうを向いた。

「あたし、なにをしたらいいですか？」

「コマだな。ついておいで」

12 はねるおもちゃと回るおもちゃ

あたしは、コマのテーブルで仕事をはじめた。最初にあたえられたのは、ハンマーでコマの形をととのえること。ハンドラムさんは、あたしが人間だから、力が強いと思ったのね。たしかに、力は強い。見た目より強い。何年もえんとつにのぼってきたおかげで、腕《うで》の力は、たいていのおとなには負けなかった。でも、ちょっと**強すぎた**かもしれない。だって、金属《きんぞく》にへこみをつくってばかりいたから。それで、あたしはコマに色をつける仕事に回された。だけど、そっちのほうがもっとむずかしかった。クリスマス・プレゼントにコマをもらったことのある人はわかると思うけど、たいていは、すごく複雑《ふくざつ》なもようがついてる。描《か》くのに何日もかかったんじゃないかと思うくらいだけど、ほんとは、ひとりのエルフが数秒でひとつのコマをしあげちゃうの。

このもようをつけるのがいちばんうまかった（たぶん、いまでもそうだと思うけど）のは、グルグルという名前のエルフで、髪《かみ》の毛を五つのおだんごにまとめ、ほっぺたにぐるぐると赤いうずまきをかいてた。あたしは、ハンドラムにいわれて、グルグルのとなりにすわり、やりかたを教えてもらった。

「まず、絵筆をとって」

あたしは、絵筆をとった。

「つぎに、絵筆に緑の絵の具をつけて」

あたしは、絵筆に緑の絵の具をつけた。

「じゃ、目の前のコマを回して」

あたしは、目の前のコマを回した。

「そう。うまいわ、アメリア。そしたら、コマにもようを描《か》いて」

あたしは、グルグルの顔を見た。「**回ってるコマ**にもようを描《か》くの？」

「もちろんよ！　ほかにどうするっていうの？」

あたしは、肩《かた》をすくめた。「回さずに描《か》くとか？」

グルグルは首を横にふった。「ばかなこといわないで。そんなことしてたら、いつまでたっても終わらないわ」グルグルはあたしに、きれいだけど、すごく複雑《ふくざつ》なもようを描《か》いたカードを、一枚《まい》わたした。「これがもようの見本よ。今日はこれを三千個《こ》つくるの」

「三千個《こ》？　いったい何人でやるの？」

「わたしと、あそこにいるルピンと、あなただけよ。だから、ひとり千個《こ》」グルグルは、あたしの前で回ってるコマがふらつきだしたのに気がついた。「急いで！　もっと回して！　さっさと描《か》いて！　そしたら、わたしがボタンをおすから」

「なんのボタン？」

グルグルはチュニックのいちばん上のボタンを指さした。なんてことない、まるい緑のボタン。「このボタンをおしたら、あの機械からコマがひとつずつ出てくるの。あなたはコマを回して、もようを描《か》く。そして、つぎのコマにとりかかる。じゃ、いくわよ。絵の具はぜんぶ、あなたの前にならんでるから」

そこで、あたしははじめた。コマを回し、見本のとおりにもようを描《か》こうとした。でも、絵筆をあてたとたんにコマはたおれ、カーンと大きな音をたてて、床《ゆか》に落っこちた。そして、あたしの目の前には、いつのまにかつぎのコマがきてたの。

「だいじょうぶよ」グルグルがいった。「つぎのをやって。今度はもう少しそっと筆をあててみて」

今度は、なんとかコマをたおさずにできた。少なくとも、すぐにはたおさなかった。筆に緑の絵の具をつけ、回ってるコマにそうっとあて、カードの見本をまねて、ジグザグもようを描《か》こうとした。

「あらら」グルグルは声をあげ、ルピンは手こずるあたしを見て、こらえきれずクスクス笑った。

「もっと早く！　コマが止まる前にぜんぶぬりおわらないと。しかも、完ぺきにね」

それで、今度はもっと急いでみたけど、コマが動きを止めるまでに、ルピンの笑う声はいっそう大きくなった。

コマは緑と赤の絵の具でぐちゃぐちゃ。見たことないほどひどいありさまだった。

それだけじゃない。時間がかかりすぎて、あたしの前にはもう三つのコマが順番待ちしてた。ううん、四つ……あ、待って、五つ！

「つづけて！」グルグルがいった。「そのうち、こつがつかめるから」

でも、もちろん、こつなんかつかめなかった。コマを回し、もようを描《か》き、コマを回し、もようを描《か》き、コマを回し、もようを描《か》き、そのうち頭がくらくらしてきた。早くやろうとするとぬりかたが雑《ざつ》になるし、ハンドラムさんがあたしのようすを見にきたとき、ちょうど筆の先に緑の絵の具が玉のようなしずくになってたれてて、それがコマにふれたとたんにそこらじゅうにとびちり、グルグルにも、ルピンにも、ハンドラムさんにも、あたしにもかかってしまった。

いちばんたくさんかかったのはハンドラムさんで、なぜって、あたしの仕事ぶりをよく見ようと、顔を近づけてたから。

「し、心配ない」ハンドラムさんは、よごれたメガネをふきながら、いった。「ちょっとかかっただけだから」

またカーンと音がし、もうひとつ音がして、回したきり、まだもようを描《か》いてなかったコマが、つづけて床《ゆか》に落ちた。

もようを描《か》きかけてたコマも落ち、グルグルはそれをひろって、ハンドラムさんにわたした。

ハンドラムさんはそれをたしかめ、あたしの描《か》いたぐにゃぐにゃの線を見て、息をのんだ。

「これは、ひどいきかんぼうのくつ下に入れたらいいかもしれないね」

「そこまできかんぼうの子がいるかどうか、わからないけど」グルグルの言葉は、気休めにはならなかった。

「ごめんなさい」自分が人間だということを、つくづく思いしらされた。「せいいっぱいやったんですけど」

ハンドラムさんは、緑の絵の具まみれの顔で、おずおずとほほえんだ。「気にすることはない。いま、工房《こうぼう》はちょっとまともじゃないんだ。クリスマスが近いからね。かわりに、はずみのテストを手伝ってもらおうかな」

そこであたしは、ボールのはずみぐあいをたしかめる仕事をすることになった。

きいた感じでは、このテストはかんたんそうだった。できるだけ強くボールを床《ゆか》にぶつけ、どこまで高くはずむかを見る。だけど、その高さは、巻《ま》き尺《じゃく》をつかって自分ではからなきゃならないの。ボールをはずませるのはかんたんだけど、どこまではねあがったかをはかるのはむずかしい。というか、不可能《ふかのう》。だって、巻《ま》き尺《じゃく》をそんなにすばやくはつかえないもの。

そこへファーザー・クリスマスがあらわれ、ハンドラムさんに話しかけた。「調子はどうだい？」あたしがはずませたボールがファーザー・クリスマスの頭の上に落ちてはねたけど、質問《しつもん》はつづいてる。「ところで、どうして顔じゅうに緑の絵の具をつけてるんだ？」

「ああ……ええと……これはですね……」ハンドラムさんは口ごもった。

それで、かわりにあたしがこたえてあげた。ほんとのことをいいたかったから。「これはあたしのせいなの。あたしがミスしたの。あたし……」

ファーザー・クリスマスはコマに目をとめた。あたしがもようを描《か》こうとしてめちゃくちゃになったコマや、床《ゆか》のあちこちにころがってるコマに。

「おやおや」

ハンドラムさんは、まだなんとか説明しようとがんばってた。「お、おもちゃ工房《こうぼう》の仕事はあまり、人間には向いていないのではないかと」

「だいじょうぶ。きみの得意なことをきっとみつけてあげるから」ファーザー・クリスマスは、あたしにあたたかい言葉をかけてくれた。その目はやさしくきらめいてる。

「でも、あたし、えんとつそうじ以外に得意なことなんてないの」

するると、ファーザー・クリスマスはしかめつらをした。「得意なことがないだって？　ばかをいっちゃだめだ。そんなのは、わたしが知ってるアメリアじゃないぞ。アメリアは、ロンドンでいちばんおそろしい救貧院《きゅうひんいん》を生きのびたんだ。得意なことなら、山ほどあるはずさ」

「たとえば？」

「たとえば勇気だ。きみは、わたしが知ってるなかでいちばんゆうかんな女の子だよ。それに、クリスマスを救《すく》うこと。きみは、クリスマスを救《すく》うのが得意だ」

「それは仕事じゃないわ」不満がちょっと顔に出てしまった。

あたしの得意なことをみつけようと、ファーザー・クリスマスは必死だった。そして、とつぜんなにか思いついたように目をかがやかせると、両手を打ちならした。

「書くこと！」

「え？」

「今日、きみの担任《たんにん》のマザー・ジングルと出くわしてね、きいたんだよ。きみが書いた物語を読んだってさ。えんとつにつまって出られなくなった猫《ねこ》の話だよ。あんなのは読んだことがないといってた。すばらしいと思ってくれたようだぞ」

「ほんとに？　ほんとに先生がそういったの？」

「そうとも。それに、書くのは好きだろう？」

あたしはうなずいた。「大好き。読むことのつぎにね。でも、読むことと書くことはおんなじよ。書くってのは、自分の心の中にある物語を読んで、それを紙の上にうつすことだから」

「うむ。きみは、それが得意だ。つぎのディケンズにもなれる。きみは本を書くべきかもしれないね」

「それは、たぶん時間がかかりすぎる。あたしは人間のスピードで書くの。エルフのスピードでは書けない」

だけど、ハンドラムさんは、この日一日ではじめて見る表情《ひょうじょう》をしてた。にこにこ笑ってたの。

「わかりました」ハンドラムさんは、おずおずといった。「いえ、その、わかった気がします。たぶん。おそらく。きっと」

「なにがだい？」ファーザー・クリスマスがきいた。

ハンドラムさんはメガネをはずし、またもどして、上くちびるをかんだ。

「ええとですね……これは単なる思いつきですが……で、でも、ちょっと考えたんです。アメリアは、ノーシュのところで働いたらいいんじゃないでしょうか」

「ノーシュ？」

「わたしの妻《つま》だよ。ノ、ノーシュと呼《よ》ばれてる。この名前は、その……妻《つま》の母親の好きなくしゃみの音からとったんだよ」

「ノーシュなら、あたし、知ってます」

「妻《つま》は『デイリー・スノー新聞』の編集者《へんしゅうしゃ》なんだ。それに、ファーザー・ヴォドルから新聞社をひきついでね。わたしは妻《つま》をほこりに思うよ。ノーシュはエルフヘルムでいちばん頭のいいエルフさ。世の中でいちばん長い言葉だって、いろいろ知ってる。たとえば……たとえば……〝反ドリムウィック主義化傾向《しゅぎかけいこう》〟とか〝ツブレクサレカボチャスカシッペブレス（とてもくさい息）〟とか」ハンドラムさんはまたメガネをはずし、レンズに少し残っていた緑の絵の具をふきとろうとした。「ノーシュは新しいライターをさがしてます。ほら、ファーザー・ヴォドルが新しい新聞を立ちあげて、デイリー・スノーをつぶしにかかってますからね」

「いやいや」ファーザー・クリスマスは、ちょっと心配そうだけど、なんとか笑顔《えがお》をつくろうとしてるように見えた。「そのうわさなら、わたしもきいた。だが、ヴォドルは、そんなことはしていないと、わたしにはっきりいったよ」

ハンドラムさんはため息をついた。「しかし、今日も大通りで新しい新聞が売られています。『デイリー・ホント新聞』っていうんです。ノーシュは、ファーザー・ヴォドルのしわざだと確信《かくしん》してます」

あたしは、結婚式《けっこんしき》の日にヴォドルがいったことを思いだした。

きさまは、エルフの気持ちってもんがわかっておらんようだな。いいか、エルフは心変わりが早い。一歩ふみまちがえただけで、やつらはきさまに背《せ》を向ける。見てるがいい。わしがいったとおりになるぞ。

あたしは、自分が何度ふみまちがえたか、思いかえした。そりをこわしてしまったこともふくめて。

「とにかく、やつが『デイリー・ホント新聞』なんて新聞をはじめたとは思えないよ」ファーザー・クリスマスは、笑った。「ヴォドルはほんとのことなんかには、まったく興味《きょうみ》ないからね」ファーザー・クリスマスは、あごひげをかいた。「しかし、新聞がどこからともなくわいて出るわけはない。いったいどこでつくってるのかな？」そして、また不安をふりはらおうとするように、こういった。「ともかく、問題はだ、ハンドラム。アメリアが週五日、学校に通ってるということだ」

「週末だけやることにするわ。ここでもそういうことになってたんだもの」ハンドラムさんの提案《ていあん》が、ふいに太陽のごとく、あたしの胸《むね》でかがやきだした。「すてき！　ほんもののジャーナリストになれるかもしれない！」

ファーザー・クリスマスは、ホッホッと笑った。

「わかったよ、アメリア。そうするといい。じゃあ、ノーシュに会いにいくとしよう」

13 デイリー・スノー新聞

あたしは、デイリー・スノー新聞社のいちばん上の階で、大きくてふわふわでまっ赤なクッションがのった、ジンジャーブレッドのいすに腰《こし》かけてた。部屋の中の物のほとんどぜんぶが――クッション以外は――ジンジャーブレッドでできてる。壁《かべ》もね。でも、ふつうのジンジャーブレッドじゃない。ちがうの。とくべつかたくした、**かっちかちのジンジャーブレッド**で、深い茶色みをおびたオレンジ色にかがやいてた。このオフィスに窓《まど》はひとつしかない。大きなまるい窓《まど》が部屋のはしにあって、エルフヘルムのくねくねした通りや色とりどりの小さな家々のぜんぶが見わたせる。壁《かべ》には過去《かこ》の『デイリー・スノー新聞』の表紙がたくさん、大きな金色の額《がく》ぶちに入れてかざられてた。

ノーシュは、大きなつくえのむこう側にいて、ばさばさの黒い髪《かみ》の下に大きく見ひらいた目で、あたしの顔を長いことじーっと見つめていた。

ノーシュの顔にはつかれが見えた。目の下にくまができ、その下にもうひとつくまができてる。それでも、まだ表情は元気いっぱいで、両手をせわしなく動かし、ぎゅっとよせたまゆの下から、あたしにほほえみかけてくれた。

「毎朝、〝めちゃめちゃ早い〟に起きなきゃならないの。もっと早い日もあるのよ。起きて、朝ごはんを食べて、リトル・ミムと雪エルフをつくって——毎朝ひとつつくらないとだめだってミムがいうの——あの子を幼稚園《ようちえん》に連れてかなきゃならない。そうね、ハンドラムが連れてってくれる日もあるけど、その日のシフトによるから……」ノーシュは自分の前に置いてあったカップをとって、ひと口すすった。「三倍濃《こ》くしたホットチョコレートにチョコをふりかけてあるのよ。これのおかげで、なんとかその日その日を乗りきることができてるの。ねえ、ほんとに飲まなくていいの？」

「ええ。だいじょうぶ。どうもありがとう。あたし、チョコをとりすぎると、頭が痛《いた》くなっちゃうの」

「ワオ。それじゃ、エルフヘルムの生活はたいへんでしょ」

「ちょっとね」とこたえたけど、正直いうと、「そのとおりよ！　たいへんなんてもんじゃないわ！　どうにかなりそうよ！」っていいたいくらいだった。

「で、書くのが得意なんですって？」

「ええ。書くのは楽しいわ」

「新聞の記事を書くのと頭の中でこしらえた物語を書くのは、だいぶちがうわよ？」

「ええ。わかってる」

ノーシュは、あたしが古い新聞の表紙を見つめてるのに気がついた。大見出しにはこうある。**「人間にクリスマスを？　最低のアイデア」**

「ああ……」ノーシュは説明した。「むかしの話よ。そのころ、デイリー・スノーは、ヴォドルが発行してたの。ヴォドルは、新聞を売るには、エルフたちに人間をにくませればいいと思ってた。そして、長いあいだ、エルフには自分たちのことだけを考え、よそ者をおそれるようにしむけてたのよ。あっちの海からそっちの海まで、山のてっぺんを通る長い壁《かべ》をつくろう、なんていいだしたこともあったわ。人間を村に入れないためよ」

あたしは、べつの額《がく》ぶちに入った新聞の見出しに目をうつした。**「壁《かべ》をつくれ！」**。つぎは、**「最新研究　人間はむだに背《せ》が高かった！」**。そのつぎの大見出しは、ページからはみだしそうなくらい長い。**「人間はかつてリトル・キップを誘拐《ゆうかい》したのだからして、人間はおそらくみな誘拐犯《ゆうかいはん》だ（ファーザー・クリスマスがなんといおうと、やつらを信じるな！）」**。そして、**「エルフはエルフのために　ヴォドルに一票を！」**。そして、**「トロルの襲撃《しゅうげき》でクリスマス中止！」**

ノーシュはつくえの上の新聞の山を指さした。「これが今日の新聞。見出しを見て」

あたしは見た。**「耳アカでつくるキャンドル」**

ノーシュは引き出しをあけ、べつの新聞をひっぱりだした。「これは昨日のよ。こっちの大見出しはこう。**『ザ・スレイ・ベルズのボーカル、のどの痛《いた》みがやわらいだと語る』**この記事に十ページもさいたの。ジュニパーのロングインタビューやなんかをのせて」

あたしは笑顔《えがお》をつくった。「あたし、ザ・スレイ・ベルズは好きよ」

ノーシュはうなずいた。「そうでしょうね。だれだって、ザ・スレイ・ベルズは好きだわ。あたしの意見では、『トナカイが山の上をとんでいく』は史上最高の名曲よ。それに、『クリスマスがやってくる（うれしすぎてちびっちゃった）』はみんなのお気に入りだわ。あなたもきいたことあるでしょ？」

「どうかしら」

「すばらしいわよ。だけど、ジュニパーののどの痛《いた》みなんて、新聞の一面にくるような話じゃない。もちろん、これもだいじなニュースよ。だけど、そこまで重要？　あたしは、そうは思わないわ」

あたしはいすにもたれ、ジンジャーブレッドの香《かお》りをすいこみ、きくまでもないことをきいた。「じゃ、どうして一面にしたの？」

ノーシュは、あたしがとてもいい質問《しつもん》をしたみたいにうなずいた。ノーシュは立ちあがり、うなずきながら部屋のはしにある大きな丸窓《まるまど》のところへいって、あたしを手まねきした。

「こっちにきて。見せたいものがあるの」

あたしはいって、窓《まど》の外を見た。デイリー・スノー新聞社のオフィスは、エルフヘルムで

おもちゃ工房《こうぼう》のつぎに高い建物だった。エルフヘルムの中心の、ヴォドル通りのはしにあって、最上階のこの窓《まど》からは、トナカイの広野《ひろの》にいるブリッツェンや仲間のトナカイたちまで見えた。村の大集会所も見える。エルフがひとり、大通りの木ぐつの店に入っていくのも目に入った。べつのエルフが、チョコレート銀行からひきだしてきたばかりのコインチョコレートの小さなふくろを持って歩いてるのも。七曲《ななま》がり道《みち》も、静かにたたず

むエルフの小さな家々も。〝ひっそり通り〟はひっそりと、〝ますますひっそり通り〟は、ほんとにますますひっそりとして見えた。おもちゃ工房《こうぼう》も、そり学校も、おもちゃづくり大学も見える。

そのむこう、ずっと西のほうには、森木立《もりこだち》の丘《おか》が見わたせた。南に見える、雪をかぶった、ちょっとゆがんだ大きな三角形が〝とても高い山〟。そのむこうには、もちろん山にかくれて見えないけど、ラップランドが、そしてフィンランドがつづいてる。人間の世界よ。背の高い、まるい耳をした、あたしと同じようなすがたの人々が住む世界。

「なにが見える？」ノーシュがそっと問う声は、まるで空気のささやきのようにきこえた。

「いろんなもの。すべてが見えるわ。エルフヘルムのぜんぶが」

ノーシュはまたうなずいた。「そう。すべてが見える。そのとおり、これがすべてよ。でも、それだけじゃないのがわかる？」

「ううん。なにが見えるの？」

「**なにも見えない**のよ」

わけがわからなかった。たぶん、顔にも出てたと思う。「どういう意味？」

「つまりね、すべてが見えるけど、同時になにも見えないの。ここでは、じっさいなにも起こらない。そりゃ、たしかにいろんなことが起こってはいるわ。エルフたちが学校にいったり、おもちゃ工房《こうぼう》にいったり。エルフ議会は村の大集会所で会議をひらき、そりの飛行規則《きそく》やトナカイの使用許可《きょか》について話しあったりしてる。だれかが木ぐつを買い、だれかがチュニックを織《お》ってる。歌ったり、スピクル・ダンスをしたり、あたたかい言葉をかけあったり。しっかり働き、しっかり遊んでる。でも、じっさいには**なにも起こってない**のよ。トロルの事件《じけん》からこっち、なにかあった？　あなたを歓迎《かんげい》する記事を一面にもってきたときのこと、おぼえてるかしら？　エルフヘルムに人間の女の子がやってきたって記事よ。ほら、それも壁《かべ》にはってあるわ」

それなら見た。**「クリスマスを救《すく》った女の子」**という見出しがおどってて、あたしの似顔《にがお》絵《え》がカラーでのってる。

「あの似顔絵《にがおえ》、気に入った？」

「ええ、まあ」

「マザー・ミロが描《か》いたの。ミロは、デイリー・スノー専属《せんぞく》の画家なのよ。すごくじょうずなの。それに、その記事もすごくよかったわ。はっきりいって、あなたがらみのニュースは、今年いちばん関心を集めたわ。たとえば……あのそりの一件《いっけん》とか」

「やだ。あのこと新聞に書いたの？」

ノーシュは首をふった。「まだよ。まずあなたの話をききたいと思ってたのよ、じつのところね。インタビューさせてもらうかも」

「その記事、あたしが書いていい？」あたしは期待をこめて、いった。「あたし、考えてたの。人間がエルフの世界で生きるってどんなものか、もしかしたら書かせてもらえるんじゃないかなって」

だけど、ノーシュはもう首を横にふってた。「エルフの世界に生きる人間？　だめだめだめ。そんなのウケないわ。ねえ、アメリア。みんながそりの件《けん》に興味《きょうみ》をもつのは、あなたが死んだかどうか気になるからよ。あなたが記事を書けば、あなたが死んでないってことが最初からわかって、みんな楽しみがなくなっちゃう——〝新聞的にいえば〟だけどね」

「じゃあ、天気のことは？　今日は風が強いわ。あたし、強風についての記事なら書ける」

「風なんて、ニュースにならないわ。なにかそれでこわれたり、たおれたりしなければね」

「じゃ、クリスマスはどう？　クリスマスは目の前よ。人間界のクリスマスの習慣《しゅうかん》について、書いてもいいわ」

ノーシュは今度も首をふった。「ほとんどが、エルフの考えたものよ」

あたしはちょっと、希望をなくしかけた。ちょっと、とほうに暮《く》れてしまった。これまでの話の流れからして、ノーシュはあたしに仕事をたのむつもりはないんじゃないかなという気がしてきた。

「問題はね——」ノーシュが、窓《まど》の外を見ながらいった。「そりが落ちたことと、ジュニパーがのどを痛《いた》めたことと、キャンドル職人《しょくにん》のファーザー・キャスパーが耳アカからキャンドルがつくれるのを発見したこと以外に、**ニュースがない**ことよ。ほんとにないの。トロルと和平協定を結びなおしてからは、もう、ぜんぜんないの。だれも死なない。戦争もない。クリスマスはピンチになってない。おかげでエルフヘルムは、暮《く》らしやすい、とってもすてきな場所になったけど、同時にだれも新聞を買おうとはしなくなったの」

そのとき、大通りに気になるものが見えた。

新聞の売店に、エルフたちの行列ができてる。

「でも、見てよ。あのエルフたち、新聞がほしくてたまらないみたいよ」

ノーシュはうめくような声をもらし、自分の髪《かみ》をむしろうとでもしてるみたいに、頭の両側をつかんだ。「ええ、そうよ！　ほしがってるの！　だけど、みんなが買おうとしてるのは、『デイリー・スノー新聞』じゃないのよ」

「ちがうの？」

「そう。新しい新聞よ。まだ見てない？　ヴォドルが出してるの。あれが創刊号《そうかんごう》よ。エルフ議会の決議で、ヴォドルからデイリー・スノーをとりあげることになったとき、新しく新聞を発行できないようにはしなかったの。そんな必要ないと思ったのよ。ヴォドルをますますひっそり通りに住まわせ、新聞社をとりあげてしまえば、新聞なんか出せないと思ったから。そのうえ、議会はヴォドルのお金まで没収《ぼっしゅう》したんだからね。だけど、あいつはコインチョコレートを、どこかにたんまりかくしてたにちがいないわ。むかし、エルフ議会の長をつとめてたときには、**週に一万コインチョコレート**も自分にしはらってたんだもの。いうまでもないけど、デイリー・スノーのもうけもあった。あいつ、社員にはスズメのなみだほどしかくれなかったのよ。あたしがトナカイ主任担当《たんとう》記者だったときは、週に合わせて三十コインチョコレートもらえればいいほうだったんだから」

「そうなの……」売店の上で風にそよいでる旗の文字が見えた。『デイリー・ホント新聞』。

ノーシュは声をたてて笑ったけど、それはほんとに笑ってるようにはぜんぜんきこえない笑いかただった。

「『デイリー・ホント新聞』ね！　当然だけど、ほんとのことなんて書いちゃいないわ。ヴォドルは真実なんてものに興味《きょうみ》ないもの。新聞を売ること以外、なんにも興味《きょうみ》ないの。それで、うそを書いて新聞を売るのよ。みんながありもしないものをおそれるよう、しむけるの。むかし、デイリー・スノーを立ちあげたとき、ヴォドルはピクシーやトロルやウサギや人間たちについて、いろんな話をでっちあげたわ。エルフたちをおびえさせるためによ。ああ、だけど、やつがなんていってるか知ってる？　あたしがこの仕事をひきついでからずっと、なんていってるか知ってる？」

「なんていってるの？」

「こういったの――ううん、いってるの――話をでっちあげてるのは**あたし**だって。あたしたちの新聞を**でたらめ**だっていうの。でも、あたしは一度だってうその記事を書いたことはないわ。そんなことして、どうなるっていうの？　新聞が真実をつたえなくて、どうする？」

「それじゃ意味ないわよね、たぶん」

ノーシュは、フゥーッと、はらだたしげにため息をついた。「なぞだわ」

「なにが？」

「いったいどこにあるの？　『デイリー・ホント新聞』のオフィスはどこ？　どこで印刷してるの？　新聞社をやってくのは、かんたんじゃないわ。できあがった新聞が、どっかから勝手にわいて出たりはしないんだから……」ノーシュはおでこを窓《まど》ガラスにあて、目をとじた。「ほんと、新聞社ってかんたんじゃないの」

あたしたちは、それぞれのいすにもどって、腰《こし》をおろした。

「ごめんなさいね。だけど、会社のお金がどんどんへってるの。なにかすごくおもしろい記事でも出せないかぎり、しかも、**正真正銘《しょうしんしょうめい》ほんと**のことだと証明《しょうめい》できるニュースを出せないかぎり、単純《たんじゅん》に、新しくだれかをやとうだけのよゆうがないのよ」

あたしは、すごくおもしろいニュースというのをもう一度考えてみたけど、一面の雪野原のように、頭の中はがらんとしてた。

新聞社の置かれている状況《じょうきょう》にノーシュがこまりきってるのはわかったので、これ以上なやませたくなくて、あたしはこういった。

「だいじょうぶ。気にしないで。じゃ、もう帰るわ」

そして、立ちあがった。

そのとき、なにかが窓《まど》にぶつかった。新聞よ。『デイリー・ホント新聞』が一部、だれかの手からとばされたらしく、丸窓《まるまど》まで風に運ばれてきたの。新聞は、ちょうど表紙をこっちに向けるかたちで、窓《まど》にはりついてた。

「なんてこと。アメリア、見ちゃだめ。あんなばかな記事、読んじゃだめよ」

でも、おそかった。あたしはもう、見出しの下の絵を見てしまった。あたしの顔。だけど、いままで見た絵とちがって、この似顔絵《にがおえ》を描《か》いただれかさんは、あたしをものすごくふきげんな顔に描《か》こうとしてる。そばには、ちっちゃいけど、ブリザード360の絵もあって、実際《じっさい》よりひどくこわれたように描《か》かれてた。

あたしは、大見出しを声に出して読んだ。**「われわれの中に敵《てき》がいる」**その下の二行を読む時間さえあった。

「ファーザー・クリスマスの養子《ようし》となった人間、アメリア・ウィシャートを信用してはならない。あの人間は、エルフヘルムを徹底的《てっていてき》に破壊《はかい》しようともくろんでいる。その手はじめがこのそりで――」

「ああ、だめよ。アメリア、きいて……」

あたしはもっと読もうとしたけど、新聞はまた風にさらわれ、必死につばさを動かす鳥のように、バサバサと、とんでいってしまった。

「あたしは敵《てき》じゃないわ。エルフヘルムを破壊《はかい》したいなんて、思ってない。あれは事故《じこ》だったのよ。どうしようもなかったの」

「わかってるわ、アメリア。善良《ぜんりょう》な心を少しでももってるエルフなら、みんなそのことをわかってるわ」

「でも、ノーシュもさっきいったじゃない。たいていのエルフは、デイリー・スノーより『デイリー・ホント新聞』を読みたがるって。何百ってエルフがあれを読むのね……」あたしは声に出して考えてた。「あたし、証明《しょうめい》する。あれはまちがいだってことを、はっきりさせる。こわれたそりもべんしょうする……そしたら、ノーシュはそのことを記事にしたらいいわ」

ノーシュは顔をしかめ、しばらく考えこんだ。「あなたにお金をあげられたらいいのに。でも、なにか特ダネでもとってこなければ、記事にはできないわ。**いま起こってること**で、しかも、それが**ほんとの話だと証明《しょうめい》できなくてはだめ**。真実を記事にして、それが売れたら、そのときはあなたにお金をはらう」

「あたしは無実だって話は？　なにが起こったかをありのままに書くのはどう？　キャプテン・スートがそりにとびこんできて。それからブリッツェンの背中に乗っちゃって、ブリッツェンがパニックになって、スートがあたしの腕《うで》から落っこちて、それを助けようとしてあたしたちも急降下《きゅうこうか》して、そりを切りはなすしかなくなったの。そのことを書けば？」

「そうね……ぜひ、そうしたいとは思うわ。でも、証明《しょうめい》できる？　目撃者《もくげきしゃ》は？」

「いないと思う」

「それだと、きっとまた、ヴォドルが話をでっちあげる材料になるだけよ。残念だけど、ヴォドルの書いたほうが大きな話になる。なんたって、**うそ**なんだから。うそには限度《げんど》ってものがないの。そうしたいと思えば、どこまででも大きくふくらますことができるわ」

「だったら、どうしようもないじゃない。それじゃ、真実がうそに勝つのはむりだわ」

だけど、ノーシュは首をふった。「そう思ってはだめ。そんなふうに考えたら、おしまいよ。あたしたちはとにかく、ヴォドルがでっちあげるうそに負けないぐらい大きな真実をみつけだすの。たとえそれが不可能《ふかのう》でもね」ノーシュは、ののしり言葉を口にするとき、声をひそめた。「すべてのつくり話の息の根を止める真実。それがあたしの夢《ゆめ》なの。デイリー・スノーをもう一度、エルフヘルムでいちばん人気のある新聞にするのよ。そうすれば、ヴォドルのついたうそぜんぶをうち消して、ほんとうのことをつたえられる」

そんな大きなニュースをどうやってみつけたらいいか考えてはみたりど、やっぱりなにも思いうかばない。あたしの頭の中でぐるぐる回ってるのは、ヴォドルの新聞の創刊号《そうかんごう》を読んだらファーザー・クリスマスがなんていうだろう、ということだった。

「ごめんなさい。ほんとにもういかなくちゃ」あたしはノーシュに、さよならをいった。

14 よそ者

かみつくように冷たい風がふくなか、あたしは家に向かって歩きだした。おもちゃ工房《こうぼう》から帰るエルフがふたり、「やあ、アメリア！」と声をかけてくれ、あたしもあいさつを返した。そんなに気にすることはないのかも。今日、『デイリー・ホント新聞』を読んだエルフは**それほど多くはない**のかも。でも、ヴォドル通りから大通りに入ると、エルフの小さな女の子があたしを指さして、「見て、ママ！　人間の女の子だ！」といった。

するとその子の母親が――見たことのない、バラ色のほおをした、太ったエルフよ――女の子の腕《うで》をつかんでひきよせた。「近づいちゃだめ！　あの子は危険《きけん》よ！　ここにいちゃいけない子だわ！」

エルフの女の子はぽかんと口をあけてあたしを見つめたあと、いきなり泣きだした。その泣き声は猫《ねこ》のつめのようにあたしの心をひっかいた。

あたしは急ぎ足で親子の前を通りすぎた。新聞の売店の列にならんでるエルフたちはみんな、ぶつぶつ、ひそひそ、あたしのことをささやきあってる。売り子のエルフは、ふわふわとしたしらがの、やさしそうなお年寄《としよ》りで、気の毒そうにあたしを見て、「ごめんよ、おじょうちゃん。わしはこれを売っとるだけなんだ。書いたのは、わしじゃない」といった。

「わかってるわ」と返事して、泣かないようにがまんしたけど、心の中には、さびしさがどんどん、どんどん、どんどん、ふくらんでいった。

　なみだで目が熱くなり、あたしはかけだした。

「そうだ！　にげだすがいい！」うしろで声がした。「おまえら人間には、村にいてもらいたくないね！」

チョコレート銀行の前を走りすぎ、マザー・メイヘムのミュージック・ショップ、木ぐつの店の〝クロッグス！　クロッグス！　クロッグス！〟、服屋の〝レッド・アンド・グリーン〟、本屋の〝マジック・ブックス〟の前もかけぬけて、気がつくと、あたしはトナカイの広野《ひろの》にいた。ここまでくると、急にエルフたちのすがたがなくなり、見えるのはトナカイばかりになった。トナカイは新聞を読まないから、気分は楽になったけど、あたしはまだ走りつづけてて、ブリッツェンが何事かというように顔を上げ、こっちを見た。あたしは走って、走って、家まで走りつづけた。そして、ドンドンドンドンとドアをたたきつづけた。返事はない。そこでやっと思いだした。かぎなんか持ってなくてもいいのよ。だって、エルフヘルムだもの。だれも家にかぎなんかかけたりしない。それで、あたしはノブを回して中に入り、泣いて、泣いて、泣いて、泣いて、泣いた。

リビングはどこもきれいにかざりつけられ、スートはクリスマス・ツリーの横の専用《せんよう》バスケットでねむってた。あたしは暖炉《だんろ》の中の暗闇《くらやみ》を見つめた。その暗さになぜかなぐさめられる気がした。あたしは暖炉《だんろ》の前までいって、中にもぐりこみ、暗闇《くらやみ》をじっと見つめた。そのとき、家の外で足音がきこえ、メアリーがベリーでいっぱいのかごをかかえて、鼻歌を歌いながら帰ってくるのが、窓《まど》から見えた。

たぶん、クリスマスケーキをつくるつもりで、森木立《もりこだち》の丘《おか》にベリーをとりにいってたんだと思う。

メアリーはまだ、あたしに気づいてない。

あたしは、メアリーに見られたくなかった。

だれにも見られたくない。話もしたくなかった。

メアリーの前で泣いて、悲しい思いをさせるのはいやだった。でも、もうすぐメアリーはドアをあけ、家の中に入ってくる。

それで、あたしはこの世でいちばん自分が得意なことをやったの。つまり、えんとつにもぐりこんだってわけ。

エルフの家とちがって、ファーザー・クリスマスの家は人間サイズでできてる。もちろん、えんとつもね。だから、身をひそめるのはかんたんだった。とちゅうまで上がったところで、すすだらけの壁《かべ》に足と背中《せなか》をつっぱって、ひざを胸《むね》にかかえこみ、じっとしたまま、あたしはまたなみだを流した。

もう二度とそこから出たくなかった。

まっ暗な中で、だれにも見られずにいたい。だれにもじゃまされず、だれのじゃまにもならずに。

泣いてるうちに気がついた。**あたしの居場所《いばしょ》はどこにもない**。どこにいったって、あたしを受けいれてくれる場所はない。ロンドンの救貧院《きゅうひんいん》で、クリーパーがだれよりきらってたのは、あたしだった。あたしは、あそこにもとけこめなかった。その前だって、女の子なのにえんとつそうじをしてるといって、ほかの子たちから**変人あつかい**されてた。いまだって、おんなじことが起きてる。ほかでもないこの村で。ここにくれば、魔法《まほう》に満ちた、すてきな暮《く》らしを送れると思ってたのに。ここにくれば、いつまでも幸せに暮《く》らせると思ったのに。

だけど、あたしは自分のことを思って泣いたわけじゃない。

自分だけのことを思ってたわけじゃないの。

泣いてるのは、**あたしのせい**でファーザー・クリスマスが苦しい立場に追いこまれてしまったから。きっと、エルフヘルムじゅうがファーザー・クリスマスに反発するようになる。

いいかげん、めそめそするのはやめようとがんばってたとき、下からなにかがきこえた。

声よ。

「アメリア?」

見おろすと、闇《やみ》の中でこっちを見つめるメアリーの顔が、かすかに見えた。かがんで暖炉《だんろ》の中をのぞきこみ、当然だけど、あたしをみつけてびっくりしてた。

「そんなとこに上がって、なにやってんだい?」

「ひとりになりたかっただけ」

「そうかい。だれだって、ひとりになりたいときはあるからねえ。あたしだって、そうさ。だけど、あたしならそんなとき、自分の部屋にいって、ドアをしめるだけさ。えんとつにもぐったりはしないよ」

「あたしは、えんとつが好きなの。えんとつの中のことなら、ちゃんとわかってるから。ほかはわからないけど」

「おりといでよ。ベリーを食べよう。それから、なにがあったか、あたしに話しとくれ」

それで、あたしはいわれたとおり、えんとつをおりた。

「おやまあ、ひどい顔だねえ。すすだらけだし、こんなになみだを流して」

あたしは鏡を見た。すすの上になみだが何本も細いすじをつくってる。

「アメリア、なにがあったの?　いったいどうしたんだい?」

あたしは、『デイリー・ホント新聞』の一面のことを考えた。そりのことを考えた。学校のことを考えた。おもちゃ工房《こうぼう》のことも。木に食べられかけたことも。最初からあたしに冷たかったファーザー・ヴォドルのことも。大通りの新聞の売店の前であたしを見つめてたエルフたちの顔のことも。

「いろいろ」と、あたしはこたえ、それからぜんぶ話した。なにもかも、メアリーにうちあけた。そして——ファーザー・クリスマスが帰ってきたとき、メアリーはそれをファーザー・クリスマスにつたえた。

でも、ファーザー・クリスマスはもう知ってたの。

「新聞を見たよ」ファーザー・クリスマスは、ゆりいすをゆらしながらいった。そのひざの上で、スートがゴロゴロのどを鳴らしてる。「ファーザー・ヴォドルが、またあくどい手をつかったんだ」

「ほんとにごめんなさい。あたしはもうここにいないほうがいいと思う。ロンドンに帰ったほうがいいわ。今夜、そりで連れてって」

「ばかなこというんじゃないよ」メアリーがいった。

「でも、ここにあたしの居場所《いばしょ》はないの」

「ばかばかしい！　そんなわけないじゃないか」

だけど、ファーザー・クリスマスがそういったとき、ちょうど窓《まど》の外を緑と白のぼうしをかぶった背《せ》の低いエルフが通りかかり、あたしを見て、「ここはおまえのいるとこじゃねえぞ！」と、どなった。

ファーザー・クリスマスはとんでって、勢《いきお》いよくドアをあけると、しかりつけた。

「おい、ノラクラ！　そんなきたない口をきくなら、どっかにいってくれ！　ここがあの子のいる場所じゃないなんて、ファーザー・ヴォドルの悪意に満ちたうそだ！」

「すいません、ファーザー・クリスマス。しかし、あの人間の娘《むすめ》はエルフヘルムを破壊《はかい》しにきたんだし、おれたちはあの子と戦いますぜ。なんたって、『デイリー・ホント新聞』に書いてあったんだ。もしほんとのことを書いてないなら、『デイリー・ホント新聞』なんて名前、つけやしねえでしょ？」

あいたドアから、ほかにもエルフたちが集まってくるのが見えた。それは、ほんとに最悪の日だった。

15 家の前のエルフたち

気がついたんだけど、エルフってのは集団《しゅうだん》が好きなの。ほんとにすぐ、集団《しゅうだん》になる。通りでエルフがふたり立ってれば、一分後にはその数が三十にふえ、十分後には三百にふえてる。一秒ごとに、集団《しゅうだん》は大きくなってく。

「真実はこうじゃ」いつのまにか、玄関《げんかん》前にトポが立ってた。「ファーザー・ヴォドルが、またしてもわしらの心をまどわそうとしとる。やつにはもっときびしくあたるべきじゃった」

ファーザー・クリスマスはため息をついた。「わたしたちはやつから新聞社をとりあげたし、住まいも、ますますひっそり通りにうつした」

「それでは足りんかったのじゃ。やつはつねに問題を起こしてきた。牢屋《ろうや》にぶちこむべきだったんじゃよ、ファーザー・クリスマス、やつがトロルをそそのかして、わしらを攻撃《こうげき》させたあのときに」

「まあまあ、トポ。牢屋《ろうや》になんかだれも入れるべきじゃない。それはエルフヘルムのやりかたじゃないよ。エルフヘルムはもう、そんなことはやめたんだ。あのとき……わたしが……わたしが子どものころ、ヴォドルがわたしを牢《ろう》に入れたのを最後に。それに、ヴォドルにはもう、なんの力もない」

「いいや、今度もやつのしわざかもしれん」トポが悲しそうにいった。その白い口ひげさえ、悲しみにしおれて見える。「いまでは、エルフのほぼ全員が『デイリー・ホント新聞』を読んでおる。たった数時間でエルフヘルムでいちばん人気の新聞になった。デイリー・スノーの売れ行きが落ちて、わずか十七部になったのもうなずける。ノーシュには気の毒なことじゃ」

「デイリー・スノーがつまんないからよ！」群衆《ぐんしゅう》のうしろのほうから声がした。

「あれは、ほんとのことを書いたことがないしな！」と、べつの声。

「そうさ」ノラクラがいった。「ほんとのことなんか書いたことがねえ。だから、あんなにつまんねえんだ」

「ノーシュがひきついでからは、いつだってほんとのことを書いておる」トポがいいかえし

た。
　ファーザー・クリスマスは、数がふえてくいっぽうのエルフたちを戸口から見わたして、いった。
「おいおい、みんな。ちょっと落ちつこうじゃないか。ヴォドルが人間について書いたことは、でたらめだ。信じちゃいけない。ヴォドルが人間のことをあれこれいうのは、いまにはじまった話じゃないだろう。人間恐怖症《きょうふしょう》はエルフヘルムにふさわしくないよ」
「人間恐怖症《きょうふしょう》ってなに？」リトル・ミムがたずねた。そのとき気がついたんだけど、ミムは、ひいひいひいひいひいひいおじいさんのトポと手をつないで立ってたの。

「人間恐怖症《きょうふしょう》というのは、すじの通らない理由で勝手に人間をおそれることじゃ」トポがこたえてやった。少し声を落としはしたけど、まわりの数人にはきこえる大きさだった。中のひとりが前に進みでた。やせて背《せ》の高い、ちょっと猫背《ねこぜ》のエルフで、それがだれかはすぐにわかった。あたしの胸《むね》は早鐘《はやがね》のように打ちはじめた。だって、キップ先生だったから。

「すじの通らない理由でおそれてるわけじゃないかもしれないよ」と、先生はいった。

エルフたちはみんな、先生のほうを向いた。みんな、先生を見てちょっとたじろいでる感じがした。先生はそりの運転を教えるときは子どもたちに話しかけるけど、おとなのエルフと話すことはめったにない。

「じっさい、**人間をおそれるべき理由**なら、いくらでもある」

キップ先生の言葉に賛成《さんせい》するように、何人かのエルフがなにか小声でいったり、うなずいたりした。

ファーザー・クリスマスの顔に、うっかりとがったものをふんづけちゃったみたいな、苦《く》痛《つう》の色がうかんだ。

「だがキップ、わたしを見ろ。わたしも人間だ」

「あなたの父親もね」先生がいうと、エルフたちのあいだから息をのむ音がきこえた。「だれでも知ってる話だ。あなたの父親がぼくをさらったことは」

あたしは、はっとした。だからなんだ。だから、はじめて会ったとき、先生の顔色が雪のように白くなったんだ。

あたしは戸口を出て、ファーザー・クリスマスのとなりに立った。ちょっとでも力になりたくて。見あげると、大きく見ひらかれた目になみだが光ってた。それが流れおちる前に、ファーザー・クリスマスはまばたきして、どうにかこらえた。

「キップ、きみの身に起こったことについては、ほんとうにすまないと思ってる。しかし、わたしの父は複雑《ふくざつ》な内面をもった男だった」

先生は首をふった。「複雑《ふくざつ》な内面をもった誘拐犯《ゆうかいはん》だよ」

ファーザー・クリスマスは、メアリーにきこえやしなかったかと、家の中をふりかえった。でも、メアリーはベリーを煮《に》るのに夢中《むちゅう》らしく、キッチンで調子よく鼻歌をうたってる。

ファーザー・クリスマスはエルフたちのほうに――キップ先生のほうに――向きなおると、声を落として、こういった。

「なあ、キップ。わたしは父とはちがう。よい人間もいれば、悪い人間もいるし、よい心と悪い心の両方をもった人間もいる」ファーザー・クリスマスの声はだんだん大きくなり、みんなにきこえるほどになった。「人間だって、ほんとはエルフとたいしてちがいはしない。そうだろう？　だが、魔法《まほう》のない暮《く》らしは、じつにわびしいものだ。わびしい暮《く》らしが、人間たちに、あさましいおこないをさせることがある。だから、わたしたちは人間に力をかそうと決めたんだ。そうだろう？　一年にたった一日でも、人間の暮《く》らしにちょっとした魔法《まほう》をあたえてやろうと決めたのは、そういうわけだろう？　そうじゃなかったか？」

「そのとおり」と、トポがいった。

「そのとおり！」と、ファーザー・ボトムがいった。

「そのとおり！」と、ミムもいった。

「そ、そのとおり！」といったのはマザー・ブレールで、ファーザー・クリスマスのためにつくった、黒くてぴかぴかの新しいベルトを腕《うで》にかけてた。

「そのとおり！」マザー・ミロはもうイーゼルを組みたて、キャンバスを置いて、この場面をぜんぶうつしとろうと、絵筆を動かしはじめていた。

「♪そーのとぉぉぉぉり！」ジュニパーとザ・スレイ・ベルズのメンバーが歌った。

それから、あたしが名前を知らないエルフも何人か、「そのとおり」といってくれたので、あたしはちょっと気分がよくなった。

だけど、ちょうどそのとき、ひとりのエルフが群衆《ぐんしゅう》をかきわけ、前にすすんできた。黒いひげを長くのばし、黒いチュニックを着たエルフで、太くて黒いもじゃもじゃまゆげは、秘密《ひみつ》をささやきあう二匹《ひき》の毛虫のようだった。

ファーザー・ヴォドル。

「ちがうね。まちがっとる」ヴォドルはあたしを指さした。「あそこにいる人間は、わしらをおびやかす存在《そんざい》だ。そのことについて、わしの新聞に書いてあることは真実だ」

いつのまにか足もとにきていたスートが、ヴォドルに向かって、シャーッ

と声をあげた。

　ファーザー・クリスマスが、あたしの前に出た。

「この子にかまうな。この子はいい子だ。アメリアはクリスマスを救《すく》ってくれた。忘《わす》れたのか？　クリスマスをだいなしにしようとしたあんたの計画から、守ってくれたんだ。あのとき、あんたは空とぶおはなし妖精《ようせい》をつかってトロルをだまし、そそのかした」

「ハン！」ヴォドルはせせら笑った。「クリスマスね！　**クリスマスだとさ！**　そうとも、人間どもは当然、クリスマスを救《すく》いたいだろう。やつらは当然、自分たちを喜ばすために、エルフが毎日毎日、汗水《あせみず》たらしておもちゃをつくりつづけることを望むだろうて。それを望まん人間がどこにいる？　その子は暴力的《ぼうりょくてき》で危険《きけん》な犯罪者《はんざいしゃ》だ。もといた場所に帰ってもらおう！」

　ファーザー・クリスマスのかげから顔を出してみると、エルフたちは、うなずいてる側と首を横にふってる側にまっぷたつにわかれてた。だいたいおもちゃ工房《こうぼう》のみんなと年寄《としよ》りのエルフのほとんどはあたしの味方で、ファーザー・クリスマスともおもちゃ工房《こうぼう》ともそれほど関係ないエルフたちはヴォドルの側のようだった。

　だけど、ヴォドルの話はそれで終わりじゃなかった。ヴォドルはエルフたちのほうを向くと、通りのむこうの広野《ひろの》にいるトナカイたちがいっせいに顔を上げるくらい大きく、声をはりあげた。

「やつはキップのそりを破壊《はかい》した。それも、ただのそりじゃない！　ブリザード360、エルフの技術をつぎこんだ最高傑作《けっさく》だ。あれをつくりあげるのに、キップはまる一年をかけた。毎日毎日働いたんだ。……だが、この話が重大なのは、だいじなそりが落ちたからじゃない。あいつが**なぜあのそりを破壊《はかい》したのか**という点が、問題なのだ。なぜだと思う？」

「あれは事故《じこ》だったの」あたしは、もごもごといいわけした。

「教えてやろう」ヴォドルが声をとどろかせた。「わしが教えてやろう」そして、いった。

「あいつは、**エルフをねらったんだ！**」

「いったい、だれを？」その言葉は声でできた鳥のように、エルフたちのあいだをとびまわった。

「くわしくは、明日の『デイリー・ホント新聞』クリスマス特別号に書いてある。わが社きってのジャーナリスト、ピリピリが記事を書いてくれておる。そうだな、ピリピリ？」

ヴォドルのとなりにいる、たるのような体つきをした背《せ》の低い金髪《きんぱつ》のエルフがうなずいた。

「ばっちりですよ、ボス。キップが一部始終《しじゅう》を見てたんだ。今週いちばんの記事になります

ぜ——今世紀いちばんとはいわないまでもね」

　もうがまんできなかった。怒《いか》りのあまり、体が内側からふるえる気がした。あたしは前に進みでて、エルフたち全員から見えるよう、玄関《げんかん》前の階段《かいだん》の上に立った。みんな、静まりかえった。ぽかんと口をあけて。あたしは広野《ひろの》に目をやり、遠くに立ってるブリッツェンがはげますように小さくうなずいてくれてると想像《そうぞう》した。

「そんなの、でたらめもいいとこよ。キップ先生のそりをこわしたことについては、ほんとに、ほんとに、申しわけなく思ってるわ。心から、ものすごーく、百パーセント申しわけないって、思ってます。だけど、あれはあたしの猫《ねこ》をたすけようとして起きた事故《じこ》なの」

あたしは、もっともらしくきこえるよう、スートを抱《だ》きあげて見せた。

「ハーネスを切らなきゃならなくて、そしたら、森木立《もりこだち》の丘《おか》のどこかに、そりが落ちてしまったんです。キップ先生は近くにはいなかったわ。なにが起きたか、先生に見えたはずありません」

ヴォドルがにやにやしながら、あたしのほうに歩いてきた。

「諸君《しょくん》、人間がどんなにうそつきかわかっただろう？　問題はどちらを信じるかだ。生まれてこのかたずっとここで暮《く》らしとる、キップのようなエルフか？　とても高い山の南からやってきて、エルフヘルムでいちばん大きな家にタダで住んどる大うそつきの人間の娘《むすめ》か？」

ファーザー・クリスマスの顔が怒《いか》りでちょっと赤くなった。

「ファーザー・ヴォドル、わたしには、あんたがまたしてもクリスマスをだいなしにしようとしてるように見える。アメリアは**大うそつきなんかじゃない**。この子は、ほんとうに特別な子どもなんだ」

ヴォドルはあごひげをなでた。「ふむ、わしにはいつもはっきりわかっておったぞ、ファーザー・クリスマス。あんたは、エルフより人間のことを第一に考えておる」

「それはちがう。あんたがリーダーだったとき、エルフたちはみんなみじめに暮《く》らしてたじゃないか。いま、エルフはまた自由に歌い、スピクル・ダンスをおどることができるようになった。おもちゃ工房《こうぼう》でいい仕事をしている。目的をもって生きてる。魔法《まほう》をわかちあうチャンスなんだ。いま、工房《こうぼう》のエルフたちは一日じゅう、わくわくしながら、クリスマス・ソングを歌ってるよ」

ヴォドルは目をとじた。歯を食いしばってる。おでこが風にゆれる水面のように、ぷるぷる、ぷるぷる、ふるえだした。ひふの下で血管がふくれあがってる。

「明日の新聞を試し読みしたい者はいるか？」

「**読みたい！**」

「**読みたい！**」

「**読みたい！**」

「ファーザー・ヴォドル、ドリムウィックをつかうのはよせ」トポがとめた。

でも、もうまにあわない。ドリムウィックは、はじまってた。気がつけば、あたりをなにかがとびまわってた。それもたくさん。はじめ、鳥がバサバサはばたいてるのかと思った。

でも、それは新聞だった。何百という新聞。それがエルフひとりひとりの手の中に、つぎつぎと舞《ま》いおりていく。新聞は、そこにいるエルフにちょうどいきわたるだけあることがわかった。

事をやりおえたヴォドルは、ちょっとつかれたようすではあったけど、顔は満足そうだった。みんな、新聞の一面に目を走らせてる。「魔法《まほう》はわしの味方らしい。わしは苦労してこの魔法《まほう》を最近身につけたのだが、ほかの者たちも変わりつつあるようだぞ。いま、空気中にただよっておるのは、**わしらの側の希望だ**」

新聞が一部、ファーザー・クリスマスの手の中におりてきた。あたしは表紙を見た。そこにはまたあたしの似顔絵《にがおえ》があって、今度の見出しには**「エルフ殺し！」**と書かれてた。

記事を読みはじめたとき、メアリーが玄関《げんかん》前にやってきた。

「なんのさわぎです？」

のぞきこんで、新聞の見出しを見たメアリーは息をのんだ。そして、あたしが読んでるのと同じ記事を読みはじめた。

アメリア・ウィシャートなる人間の子どもは、そりを破壊《はかい》したばかりではない。『デイリー・ホント新聞』の調査《ちょうさ》によって、現在、トナカイ通りのファーザー・クリスマスの豪邸《ごうてい》に滞在《たいざい》しているこの人間が、じつは、エルフの赤《あか》ん坊《ぼう》とその母親を殺そうとしていたことがわかった。そう、お察しの通り。この攻撃《こうげき》の標的となったのは、お菓子《かし》職人《しょくにん》のボンボンと、幼《おさな》いスーキーだ。だが幸い、スーキーが泣いて母親に知らせたおかげで、ふたりはそりが地面に落ちる寸前《すんぜん》に走ってにげ、事なきをえた。

そりのインストラクターで、過去《かこ》に人間による誘拐《ゆうかい》の被害者《ひがいしゃ》となったキップ（ブリザード360の設計者《せっけいしゃ》でもある）は、このできごとをその目で見ていた。

「ぼくはそのできごとをこの目で見ていました」と、キップは本紙に語っている。

この危険《きけん》な人間についての関連記事は、第二、三、四、五、六、七、九、十、十一、十五、十七面に。二十四面には、とじこみガイド『人間の子が近づいてきたら！　**さけんでにげる**以外に（それもやるけど）できること』。

こんなに腹《はら》がたったことはない。クリーパーの救貧院《きゅうひんいん》にいたあのころだって、これほど怒《いか》りを感じたことはなかった。こんなに胸《むね》がドキドキし、こんなに怒《いか》りで顔を熱くしたことはなかった。

「見ろ、ここにボンボンがいる」ヴォドルがいった。「リトル・スーキーもだ……さあ、みんなに話してやれ、ボンボン。いったいなにがあったかを」

「その、じつはよくわからないの。よくおぼえてなくて。お菓子《かし》の新しいフレーバーにいいものはないかなと思って——ベリーとかそんなものをさがしに、森にいったの。お菓子《かし》のレシピのヒントになるものはないかなって。で、森の中を歩いてて、ふと上を見たら、あのそりが空からまっすぐあたしたちに向かって落ちてくるとこだったの」

あたしはもう、いまにも爆発《ばくはつ》しそうだったんだけど、怒《おこ》ってたのは、あたしだけじゃない。メアリーが、ヴォドルにずんずん近づいていった。その手には、クリスマス用のあつあつのベリーがいっぱいに入ったなべがあった。

「やめろ、メアリー、やめるんだ！」ファーザー・クリスマスがさけんだ。

「それはいかん」と、トポも止めた。

「あーあ！」と、ザ・スレイ・ベルズのだれかが声をもらした。

とにかく、メアリーの動きは早くて、ヴォドルにはドリムウィックをつかうひまもなかった。メアリーは、あっという間にヴォドルの横に立ってた。ヴォドルはエルフにしては背《せ》が高いほうだけど、それでもメアリーの身長の半分しかない。ヴォドルが上を見たときにはもう、なべはかたむいていて、煮《に》えたむらさき色のベリーが、どぼどぼと顔に、髪《かみ》の毛に、あごひげにふりそそいでた。

その場にいた全員が目をまるくし、さらにもう一度、目をまるくした。

「なんだってアメリアのことをそんなふうにいうんだい！」

メアリーは、ヴォドルが

ベリーまみれになると、その頭の上になべをふりおろした。ヴォドルは目のまわりについたベリーをぬぐい、なべがあたる寸前《すんぜん》にメアリーに気がついた。そして、急いでちょっとしたドリムウィックをつかった。メアリーは身を守るためになんとか魔法《まほう》をつかおうとがんばったけど、これまでレッスンを重ねてきたかいもなく、石像《せきぞう》のようにかたまってしまった。

「そら見ろ！」ヴォドルは顔についた熱いベリーをふきながら、満足げにいった。「人間がいかに暴力的《ぼうりょくてき》で危険《きけん》か、わかっただろう。エルフヘルムでこんなふるまいをされたいか？」

「いますぐ魔法《まほう》をとけ！」ファーザー・クリスマスはそういったけど、もちろん、ヴォドルがそうするまで待ってなどいなかった。もう自分でドリムウィックをつかってたの。つぎの瞬間《しゅんかん》、メアリーはまた動きだしてた。手に持ってたなべは、そのままふりおろされたけど、ヴォドルはうしろにさがってたから、空振《からぶ》りに終わった。メアリーはいきおいあまって、くるっと回転し、雪の上にたおれこんだ。

ファーザー・クリスマスとあたしはメアリーにかけより、片方《かたほう》ずつ手をひっぱって、起こしてあげた。

「メアリー、もういい。やつのことは気にするな」

すると、ヴォドルがまたどなった。「見ろ！　やつらの仲よしぶりはどうだ。気をつけねばならんぞ。わずか一年のあいだにエルフヘルムの**人間の数は三倍**になった」

ファーザー・クリスマスは笑った。「そうさ。ひとりから三人にね。そのうちふたりはドリムウィックがかかってるんだから、正確《せいかく》には人間とはいいきれない。まちがいなく人間といえるのは、アメリアひとりだ」

その言葉は、ほら穴《あな》の中でさけんだように、あたしの耳にこだました。

アメリアひとり。

アメリアひとり。

アメリアひとり。

あたしは、家の中にもどってえんとつにもぐり、もう一生出てきたくない気分だった。

「さよう」ヴォドルは、エルフたちみんなにきこえるようにいった。エルフの多くは、『デイリー・ホント新聞』に書いてある、あたしに関するうそを、夢中《むちゅう》になって読んでる。「あんたのいうとおりだろうよ。その子ひとりだ。エルフヘルムに、純粋《じゅんすい》な人間はその子ひとり。そして、あんたら三人の中でいちばんたちが悪いのもそいつだ。クリスマスが目の前なのはわしらも承知《しょうち》の上だが、その子には村を出ていってもらおう」

「アメリアは、ほかにいくとこがないんだぞ」

頭がちゃんと働かない。あたしは、自分にそそがれるエルフたちの目という目を、ただ見つめていた。思いやりのある心配そうな顔もあれば、よそよそしく、冷たい顔もあった。でも、そんなことどうでもいい。だからといって、なにか変わるわけでもない。あたしはエルフの仲間じゃない。みんなのようにおどれないし、みんなのようにに計算できない。みんなのようにおもちゃをつくることもできないし、みんなのようにそりを乗りこなすこともできない。どう

せ、そのうちみんながあたしを毛ぎらいするようになる。ファーザー・クリスマスだって、いつかはそうなるかもしれない。あたしがファーザー・クリスマスやメアリー――マザー・クリスマスといっしょにいつづければ、かげ口や悪いうわさが止まることはない。悪いうわさはどんどんふくらみつづけるだろう。

結局、えんとつから出ないわけにはいかない。

そこでずっと暮《く》らすことなんてできないんだから。

どこにも逃《に》げ場《ば》はなかった。エルフヘルムにいるかぎりは。

「これ以上いうことはない」ファーザー・クリスマスがいった。「これ以上見るべきものもない。クリスマスまでほんとうにあとちょっとだ。わたしたちが集中すべきはそこだ。アメリアはいい子だよ。そのことを、わたしはなによりよく知っている。相手がもつ善良《ぜんりょう》な心に目を向ければ、その心がかがやきをはなち、自分を照らしてくれるのがわかるだろう。アメリアの場合も同じだ」

いいおわると、ファーザー・クリスマスはあたしの手をとり、メアリーとトナカイ通り七番地の家に入って、静かにドアをしめた。

16 レター・キャッチャー

その夜、ファーザー・クリスマスとメアリーがねてるあいだに、あたしは服を着られるだけ着こんで、いちばんあたたかいブーツをはき、一階におりると、バスケットの中で前足をなめてたキャプテン・スートのところにいった。そして、スートを抱《だ》きあげ、ポケットにベリーとジンジャーブレッドをつめこむと、ネズミのようにそっと家からしのびでた。

あたしは、キッチンのテーブルに書き置きを残しておいた。

「人間の世界に帰ります。自分のいるべき場所に。さがさないでください。アメリア」

ねむってるトナカイたちのシルエットを見ながら、暗いトナカイ通りをこっそりと進み、夜だし、ちょっとこわかったけど、ひっそり通りと、ますますひっそり通りのさびしい道を通った。黒いドアと小さな窓《まど》がひとつついた、ひときわ小さな家がヴォドルの住まいで、あたしはそこも通りすぎた。七曲《ななま》がり道《みち》を急いでわたり、足を速めて、まっすぐとても高い山

に向かった。

スートは寒さにふるえてた。あたしはスートをコートの中に入れ、しっかり抱《だ》きよせた。

やがて、山にさしかかった。登るのは、たいへんだった。足がどんどん深く雪の中にもぐりこむ。

「だいじょうぶだからね」そうスートにはいいつづけたけど、ぜんぜんだいじょうぶじゃないのは、自分でもわかってた。

南に向かうという以外、なんの計画もなかった。ファーザー・クリスマスはむかし、まだ子どもで、ニコラスと呼《よ》ばれてたころに、フィンランドのどこか（クリスティーナンカウプンキという小さな町の近くらしい）から、はるばる歩いてとても高い山をこえ、そこで雪の中にたおれたといっていた。でも、あたしはそんなに長い距離《きょり》を歩く必要はない。山のむこうにある、最初の町か村までたどりつけばいい。そしたらきっと、だれかがひとりぼっちの女の子に手を差しのべてくれるだろう。

それに、あたしは猫《ねこ》を連れてる。だれでも猫《ねこ》は好きなはず。

足がマツの幹《みき》のように重くなってきた。もう、雪はひざをこえるくらい深い。空の星がなみだでにじんでる。そしてやっと、あたしは山のてっぺんにたどりついた。その先には、闇《やみ》の中を何マイルも何マイルも森がつづいてるのが見えた。

「見てごらん」あたしは、コートのボタンとボタンの間から頭を出したスートに話しかけた。

「あれが人間の世界よ。あっちが、あたしたちのいるべき場所なの」

スートはふしぎそうな目で、あたしを見た。

「はいはい、あんたが人間じゃないことはわかってるわ。だけど、人間の世界ってことは猫《ねこ》の世界でもあるのよ。人間と猫《ねこ》は、切っても切れない仲だから。そうね、人間が猫《ねこ》なしじゃいられないの。猫《ねこ》は人間なしでもいいのかもしれないけど」

スートはもぞもぞと、コートの中のあったかい場所にもどっていった。

そのとき、とつぜん声がきこえた。暗闇《くらやみ》の中でだれかが呼《よ》ぶ声が。あたしは、あたりを見まわした。ちょっと上のほうからきこえてくる。とても高い山の、とんがったてっぺんあたりから。

「おーい！　そこのきみ！　なにやってんだ？」

高い声だ。エルフの声。なんで？

闇《やみ》に目をこらすと、だれだかわからないけど、そのエルフがこっちにやってくるのがわかった。足は短いし、雪はこんなに深いのに、ずんずん近づいてくる。サーカスの軽《かる》わざ師《し》み

たいに軽《かろ》やかな身のこなし。一歩が大きく、ぴょん、ぴょんのぴょーんと、はねるように進んでくると、最後は大きくジャンプし、空中で二回転して、あたしのまん前の、雪の中から突《つ》きでた岩の上に着地した。
満面の笑顔《えがお》で、頭には背《せ》の高いぼうしをかぶってる。エルフはだいたい背《せ》の高いぼうしをかぶってるけど、ほかのみんながかぶってるのよりもっと背《せ》が高い。つばはぶあつくて、ふかふか。それは特別なぼうし——雪ぼうしだった。外にいることが多いエルフのためのぼうしなの。
あたしは、エルフが大きなリュックサックを背《せ》おってることにも気がついた。

「きみは、例の人間の子だね！」

ああ、まただ。ここにも、ヴォドルのうそを信じてるエルフがいる。

「ほっといてくれる？　あなたはお仲間と楽しくやればいい。あたしは、人間の世界に帰るわ。あたしのいるべき場所にね」

だけど、エルフはまだにこにこしてる。ただ、その目はちょっと悲しそうに見えた。

「そうか。まあ、いいさ。でも、ちょっと話していかないか？　ここは——この、とても高い山のてっぺんは、話し相手のひとりもいない、さびしいところなんだ。ほら、エルフはひとりがきらいな生きものだろう？　おしゃべりが好き。集まるのが好き。もう知ってると思うけど」

昼間、玄関《げんかん》の前でたくさんのエルフに見つめられたときのことを思いだした。「ええ、そうね。知ってるわ……だけど、正直いって、いまはおしゃべりを楽しむ気分じゃないの」

エルフは指を一本あごにあてて、きいた。

「そう。じゃ、**いま**は？　きみはさっき『いまは』って、いったでしょ？　だけど、さっきのいまといまのいまは、同じじゃない。いま。いま。いま。考えてみると、つねに新しいいまが生まれてるんだ。いまのいまは、その前のいまとちがうし、そのいまはさっきおれがいったいまともちがう。ポイントは、いろんないまを、どうやってつかまえるかってとこにある」

頭がすっかりこんがらがった。すごくややこしいエルフ。だけど、こんがらがる前は、ほんとにほんとに、たまらなく悲しい気分だったから、そんな気持ちでいるよりは、こんがらがってるほうがましな気がしたの。

「だけど、もっとかんたんにつかまえられるものがある。それは、なーんだ？」

「え？」

エルフはいきなり空中に――あたしの頭のま上にジャンプし、またくるりと回転しながらいきおいよくおりてきた。雪の上におりたったとき、雪はすごく深いのに、ずぼっとめりこんだりなんかは、ぜんぜんしないみたいだった。このエルフは、ふんわり着地する名人だわ。

エルフは、あたしの前になにかを差しだした。月明かりに白くうかぶ、なにかを。

それは、ふうとうだった。「手紙だよ！　手紙はかんたんにつかまる。おれにかかったらね。これがおれの仕事なんだ」

「手紙をつかまえる係なの？」

「そう。レター・キャッチャーだよ。人間がファーザー・クリスマスに送った手紙は、みんなここを通る。風に運ばれ、手紙にこめられた願いにあとおしされて。毎日、何千通もとどくよ。世界じゅうからね。それがみんな、ここ、とても高い山にやってくるんだ。なぜって――」

そういいかけたところで、エルフはまた一通、手紙が顔の横をとんでくのをみつけ、手をのばして、キャッチした。

「おれの名前は、ピピン。みんなは、ピップって呼《よ》ぶけどね。会えて、うれしいよ」

「あたしはアメリア」

「アメリア。アメリア。ア・メ・リ・ア。いいひびきだね。まるで――」

スートがいきなり、ぴょこっとコートから顔をのぞかせた。

ピピンはおどろいて、とびあがった。「うわあああ！　頭がふたつある！　人間の子に頭がふたつあるなんて、きいてなかったぞ！」

「これは猫《ねこ》よ」

「なんだって？」

「猫《ねこ》。この山の南側に住んでる生きもの。あたしと同じ」

ピピンは、二通の手紙をリュックサックにしまった。「けど、ファーザー・クリスマスとマザー・クリスマスは？　きみはいま、ふたりといっしょに住んでるんだろ？」

あたしは、雪の上に突《つ》きでた岩に腰《こし》をおろし、うなずいた。「そう。いっしょに住んでた。

でも、うまくいかなかったの」

「なんで？　ファーザー・クリスマスを怒《おこ》らせたのかい？」

「ううん。だけど、怒《おこ》ってくれたほうがよかったわ」

「なんで？」

それであたしはそこで――フィンランド全土を見わたせるとても高い山のてっぺんで――

ピピンにすべてを話した。人間の世界に帰ろうと思ってることも。

「じゃ、その前はずっと幸せに暮《く》らしてたの？　あっちでは――人間の世界では？」

あたしは首をふった。「ううん。ずっとじゃない。幸せなときなんて、あんまりなかった。

でも、少なくとも、**居場所《いばしょ》はあったわ**。自分がこまることはあっても、他人をこまらせるこ
とはなかった。とにかく、エルフたちは、あたしにいてほしくないのよ」

「そんなことないよ。きみにいてほしいと思ってるエルフは、いっぱいいるよ。おれだって、
ほんものの人間の子がエルフヘルムに住んでるってきいたときは、**めちゃめちゃわくわくし
た**んだから。ほんと、すばらしいことだよ」ピピンはそこでふと空を見あげ、うしろをふり
かえった。「あれ？　変だな」

「なにが？」

「空をごらんよ。オーロラを見て」

顔を上げると、空に魔法《まほう》の粉をまいたような、緑色のほのかな光の波がゆらめいてた。

「オーロラなら毎晩《まいばん》出てるでしょ？」

「ああ。だけど、こんなじゃない。いつもは空いっぱいにオーロラが出て、もっと明るくエルフヘルム全体を照らしてるんだ。けど、今日の光は暗い。いまにも消えちまいそうだ」

「それって、どういうこと？」

「あたりにただよってる魔法《まほう》の力が少ないってことさ。きっと、そのせいでここまでとんでくる手紙がいつもより少ないんだ」

あたしにはまだちょっとよくわからなかったけど、山のフィンランド側に目をやったとき、なにかが近くの雪の上に落ちるのを見た。手紙。ピピンもそれに気づいた。

「こりゃまた、変変だ。わかってるよ。変変なんて言葉はない。けど、もしあるとしたら、これこそ変変ってもんじゃないか」

「どうして？　なにがそんなに変なの？　手紙なら、いつもとんできてるって、いってなかった？」

ピピンはうなずいた。「そうさ！　とんでくる。**ここまで**ね。あんなとこじゃない。この前のクリスマスからこっち、手紙はみんな山のてっぺんまでとんできてた。その前はだめだよ。けど、このごろじゃ、すごくうまくいってたんだ。ときには、キャッチするのに**この山より高く**ジャンプしないといけないこともあった」

　ピピンはいまいったことを実《じっ》演《えん》しようと、右手を空に向かってぴんとのばし、高くジャンプしてみせた。

そして、下のほうにまた手紙をみつけた。「あそこにもある。ほら、あのむこう」ピピンは雪の上におりてくると（今度は宙返《ちゅうがえ》りしなかった）、ぴょんととんでかけだし、二通の手紙をひろった。

それから、あたしがすわってるところまでもどってくると、ふうとうをひとつあけて、手紙を声に出して読んだ。

大好きなファーザー・クリスマスさんへ

ぼくの名前はエリアスです。スウェーデンという国の、リンシェーピングという町に住んでいます。クリスマスにはトランプをもらえたら、とってもうれしいです。妹と、トランプで遊びたいです。妹はこのごろ元気ないから。きょねんのクリスマスは、きてくれてありがとうございました。ぼくたち、コマも、よくはずむボールも、すごく気に入りました。あなたがまたきてくれると思うだけで、今年は毎日が、なんかちょっとまほうみたいでした。だから、ありがとうって百万回いいたいです。

さようなら。

エリアス（九さい）

ピピンが読むのをききながら、あたしは、自分がファーザー・クリスマスに送った手紙を思いだしてた。ロンドンのハバダッシェリー通り九十九番地に住んでたときのことよ。プレゼントのお礼をいい、スートのことを書いた。「たまに魚屋さんからイワシをぬすんできます。道でほかのねことけんかするときは、自分を犬だと思ってるみたいです」。それから、いちばん大事な用件《ようけん》を書いた。お願いごとよ。あたしは四つのお願いをしたの。

1. えんとつそうじ用のあたらしいブラシ
2. コマ
3. チャールズ・ディケンズの本（大好きな作家です）
4. かあさんが元気になること

あたりまえだけど、四つめについては、ファーザー・クリスマスでも、どうしようもなかった。でも、それが決定的な問題だったの。あたしはファーザー・クリスマスに腹《はら》をたてた。もちろん、いまは怒《おこ》ってないわ。**魔《ま》法《ほう》が魔《ま》法《ほう》として働く**にも限界《げんかい》があるとわかったから。魔《ま》法《ほう》でいやなことがぜんぶ消えてなくなったりはしないけど、日々の暮《く》らしの中で魔《ま》法《ほう》に出あ

うことはあるし、それはけっして一度きりじゃないと知っていれば、つらさを乗りこえる力になるってことを、いまはもう理解《りかい》できるから。

あたしがそんなことを考えてるあいだに、ピピンは手紙をたたんでふうとうにしまった。不安そうな顔をしてる。

「スウェーデンか」ピピンは同じことを、問いかけるように何度もくりかえした。「スウェーデン？　スウェーデン？　スウェーデン？」

「どうしたの？」

「いまの手紙は**スウェーデン**からだった」

「それが？」

「うん、スウェーデンは近い。フィンランドのとなりはもうスウェーデンだ。ふたつの国はくっついてる。スウェーデンからの手紙はいつもいちばん高くとんでくる」

ピピンは、もうひとつのふうとうの裏《うら》を確認《かくにん》した。「ノルウェーだ」

それから、リュックサックを地面におろし、中のふうとうをぜんぶ調べ、いくつかはふうとうをあけて、手紙に書かれた住所を読んだ。「フィンランド……フィンランド……ノルウェー……フィンランド……スウェーデン……ロシア……フィンランド……フィンランド……スウェーデン……」

「うーん、それがどうしたの？」と、あたしはきいた。スートはコートの中で、おだやかにのどを鳴らしながらねむってる。

ほほえむためにあるようなピピンの顔から、ほほえみが消えてた。

「どうしたかというとね、ここにある手紙の中に、千マイルより遠くからとどいたものが一通もないんだ。五百マイルはなれたとこからのもない」

ピピンはリュックサックの奥《おく》に手を突《つ》っこみ、手紙をさらにひっぱりだした。

「ああ、これはインドだ。こっちはアメリカ。これがスコットランド。このあたりは、いいね……。でも、この遠くからの手紙は、みんな何時間か前にとどいたやつだ。いま、とんできてる手紙に、そんな遠くからのものはひとつもない。みんな近くの国のばかりだ。そのあたりからとんでくるのに魔法《まほう》はたいして必要ない。だから、いま、遠くからの手紙がここにたどりつけなくなってるとすれば、なにか原因《げんいん》があるはずだ。たぶんエネルギーが危機《きき》におちいってる」

「エネルギー?」

「希望が危機《きき》にさらされてるんだ。**いまも消えてってる**。だから、手紙がここまでたどりつけないんだよ。だから、ここまできたやつも、てっぺんまでとんでいけないんだ。だから、オーロラも消えかかって――」

「でも、原因《げんいん》は?」

「わからない。ごく最近起こったなにかだ。今夜だよ。これは深刻《しんこく》な問題だ。今日がなんの日か知ってるだろ? クリスマス・イブ・イブだよ。明日までにすべての手紙がとどいてなきゃならない」

ピピンはあたりを見まわし、空を見あげ、フィンランドの暗い森を見やり、小さな点のように見えるエルフヘルムの家々をふりかえり、それから大きな目をあたしのほうに向けて、**「きみだ」**といった。

「え？」

「きみが原因《げんいん》だ」

あたしは悲しくなった。

「だからいったでしょ？　あたしは村にいちゃいけないって」

すると、ピピンはぶるぶる首をふりながら、指を一本出して、それもいっしょにふった。

「いやいやいや。わかんないかな？　きみはかんちがいしてる。きみがここにやってきたとき、希望はぐっとふえた。ここを出ていこうとしてるいま、希望はどんどんへってる。考えてもごらんよ。きみがいま出てったら、ヴォドルの勝ちさ。やつは復讐《ふくしゅう》に動きだす。おおぜいのエルフが、やつのいうことを信じるだろう。みんな、人間の子どもは性悪《しょうわる》だと考えるようになる。おもちゃ工房《こうぼう》のエルフたちまで、そう考えだすかもしれない。そうなれば、じきにみんな、ファーザー・クリスマスのために働くのがいやになる。連中が働くのをやめたら、リンシェーピングに住んでる小さなエリアスも、世界じゅうにいる何百万というほかの子どもたちも、かわいそうに、くつ下にプレゼントを入れてもらえないんだ。子どもたちの毎日から魔法《まほう》が消える」

あたしはそのことを考えてみた。考えてると、ピピンはポケットからジンジャーブレッドを出してふたつに割《わ》り、ひとつをあたしにくれた。

「つまりね――」ピピンは、ジンジャーブレッドをむしゃむしゃかじりながらいった。「きみがこの山をおりて、二度と帰ってこなかったら、オーロラは消えちまう。手紙は一通もとどかなくなる」

「あなたはそのほうがうれしいでしょ」

ピピンはのどをつまらせた。ぶるぶる首をふり、ぴょんと立ちあがった。

「じょうだんだろ？　これは世界一すてきな仕事だよ。たしかにさびしいと感じるときもあるよ。だけど、おれは文字どおり、夢《ゆめ》をつかまえてるんだ。おれは、ふたつの世界のかけ橋だよ。ファーザー・クリスマスにも喜んでもらえる。レター・キャッチャーになる前、おれはメディアで営業《えいぎょう》の仕事をしてたんだ」

「メディアで営業《えいぎょう》って、いったいなに？」

「ああ！　エルフヘルムで最低の、おそろしくつまらない仕事だよ。『デイリー・スノー新聞』の仕事さ。あのころはうそばかり書いてあった。ファーザー・ヴォドルがやってたころだよ。ともかく、ヴォドルってやつは、めちゃめちゃがめついんだ。やつは新聞を広告でうめたがってて、その広告をとってくるのが、おれの仕事だったわけ。大通りをいったりきたりしてさ、ぜんぶの店を回るんだ。マザー・メイヘムのミュージック・ショップ、クロッグス！　クロッグス！　クロッグス！、レッド・アンド・グリーン、マジック・ブックス……。けどさ、こっからが問題なんだ。

ヴォドルは「**けいやく書**《しょ》」ってものにサインさせたがった。だけど、エルフはみんな、けいやくってものがよくわかってなくてさ、おもしろそうだなと思ったら、すぐサインしちゃうんだ。署名《しょめい》のらんに自分の名前を書いちゃうんだよ。そのために、おれはいつもポケットにいろんな色のペンを入れてた。だけどみんな、自分がなににサインしてるのか、わかってなかったんだ。たとえば、イチジク・プディング・カフェは、広告の年間けいやくを結んじゃってね、結局、広告料をはらいきれなくて、店はつぶれちまった……。

いまのデイリー・スノーは、もちろん、ほとんど広告をのせてない。ノーシュはいいやつで、なにが書いてあるかもわからない紙にサインさせるのはよくないって、思ってるからね。もうけは、新聞

の売り上げでなんとかしようと考えてるんだ。ただ、だれも新聞を買おうとしないみたいだけどね」

「ノーシュは、真実だけをつたえようとしてるから」

「そういうこと」

スートが目をさましたので、ジンジャーブレッドのかけらを食べさせてやった。

「でも、あたし、みんなにきらわれてるのに、村にはいられない」

「みんながきらってるのは、きみだけじゃないよ。メディアの営業《えいぎょう》をやってたときは、おれもみんなにきらわれてた。おれは、みんなを楽しませようと、軽《かる》わざをやってみせたりした。大通りを歩きながら、コマみたいに回ったり、宙返《ちゅうがえ》りしたりしてね。だけど、おれが手にけいやく書《しょ》を持ってるかぎり、だれも気にとめちゃくれない。おれには食べさせなきゃならない小さい子が何人もいるってことだって、だれも気にしちゃくれないんだ。

でもさ、ファーザー・クリスマスの下で働くようになったら、あの人は、ほかのやつらとはちがう目でおれを見てくれた。おれの中に善良《ぜんりょう》な心があることや、ジャンプや軽《かる》わざが得意だってことに気づいてくれて、おれにぴったりの仕事を思いついてくれた」

「レター・キャッチャーね」

「そう。でも、きみがいなくなれば、もうレター・キャッチャーなんか必要ない。おもちゃ工房《こうぼう》もいらなくなるし、ファーザー・クリスマスだって……。きみなら、ファーザー・クリスマスを救《すく》える。きみなら、ふたたびヴォドルに支配《しはい》されることから、おれたちみんなを救《すく》えるんだ。いま、きみがいなくなったら、クリスマスが終わったとたんに、ヴォドルがまたエルフ議会の長になるのはまちがいない。エルフヘルムから幸せが完全に消える——今度こそ、永遠《えいえん》に。そして、人間の子がクリスマス・プレゼントをもらうことも、二度となくなるんだ」

スートが口のまわりをなめてる。スートは、ジンジャーブレッドが好きなの。あたしはスートをなでながら、考えた。

「だけど、あたしになにができるの？　ヴォドルはあたしについて、いくらでもうその話を書ける。村に残ったら、あたしはエルフヘルムはじまって以来のきらわれ者になるだけだわ。それでもし、ヴォドルがエルフ議会の長になったりしたら、また牢屋《ろうや》をつくって、たぶんあたしをそこにとじこめる。ファーザー・クリスマスやメアリーだって、牢屋《ろうや》に入れられるかもしれない。ただ人間だっていう理由だけで」

「だったら、やつを止めなきゃ」

「どうやって？」

「なにかいいことをするんだ。なにか……なにかいいことをして、きみがここにいるのはみんなを傷《きず》つけるためじゃなく、みんなをたすけるためだってことを、**エルフたちに証明《しょうめい》するんだよ**」ピピンはぼうしをとって、頭をかいた。「頭のちょうどいいとこをかくとアイアがとびだすっていうだろ？　でも、ちょうどいいとこじゃないとだめなんだ。ほかをかいてもだめ」ピピンはほかのところをためしてみた。てっぺん、うしろ、とんがった耳と耳のあいだ。人間にもききめがあるかどうか、ためしに、あたしも自分の頭をかいてみた。

「そうだ！」ピピンがぴょーんととびあがった。「わかったぞ！　そりをべんしょうしたらいい！」

あたしのついたため息が、冷たく白い雲になった。「それはもう考えたわ。でも、どうやって？　あたしには、エルフの仕事はぜんぜん向いてないの」

「じゃあ、なになら向いてるの？」

「書くことかな。書くのは好き」

「だったら、デイリー・スノーで働けばいい！　いままでにないくらいすばらしい記事を書いて、デイリー・スノーをもう一度、みんなが読みたがる新聞にするんだ」

「それも考えた。ノーシュと話もしたわ。だけど、真実がうそを負かすなんてむり。不可能《ふかのう》よ」

ピピンはくちびるに指をあてた。

「シィィィイ！　その言葉はつかっちゃだめ。真実は、この世のどんなうそよりも魔法《まほう》の力をもってるんだから。もしヴォドルがまたエルフヘルムを支配《しはい》するようになったら、もしヴォドルがまたエルフみんなの心に入りこむことになったら、すべての希望が失われる。希望がなくなれば、クリスマスもなくなる。永遠《えいえん》にね。おれの心には穴《あな》があいて、二度と満たされることはないんだ」

あたしは見つめた。フィンランドの森じゃなく、今度は、反対の方角を。エルフヘルムを。月明かりとオーロラのかすかなかがやきで、すべてが見わたせた。村が。おもちゃ工房《こうぼう》が。トナカイの広野《ひろの》が。そしてむこうに、西のほうには、森木立《もりこだち》の丘《おか》が見える。ピクシーたちの住むところ、あたしがブリザード３６０を墜落《ついらく》させてしまった場所が。どこかに——エルフヘルムとむこうにつらなる丘《おか》のどこかに、物語がある。ノーシュやエルフの読者たちが喜ぶような、すばらしい物語が。みんなにふたたび希望をあたえるような物語が。だけど、それはなに？

あたしはふと、さっきピピンがいったことを思いだした。「ねえ、もう一回いってくれる？」

「いいよ」ピピンは肩《かた》をすくめた。「真実はどんなうそよりも――」

「そこじゃない。最後のとこ。最後、なんていった？」

「おれの心には穴《あな》があいて、二度と満たされることはない」

穴《あな》。

あたしは立ちあがった。山のてっぺんに。人間の世界と魔《ま》法《ほう》の世界の、ちょうどさかい目に。

「それだわ」

「それって？」

「穴《あな》よ。そりを落としてしまったとき、地面に穴《あな》があいてるのを見たの。あの穴《あな》はきっとどこかに通じてる。なにか理由があって、あそこにあいてるのよ。そこに空とぶおはなし妖精《ようせい》がいて、穴《あな》からとびだす紙の鳥のことをいってた。それって、ほんものの鳥じゃないんだわ。きっと新聞よ。あたし、新聞がとぶのを見たもの。ヴォドルがやったのよ。あいつのくさったドリムウィックで。あたし、あの穴《あな》を調べにいくわ。中に入って、あれがなぜあそこにあるか、みつけだしてやる。ヴォドルがなにをたくらんでるのか、あばいてやる……それをあたしは記事にするわ」

「ちょっと危険《きけん》じゃないか？」ピピンは心配そうな顔をした。

でも、つぎの瞬間《しゅんかん》、ピピンはなにかを指さした。よく見えないけど、山の人間界側だ。

「見ろ！」

見えた。一通の手紙が、ひらひらと夜の空を運ばれてくる。さっきの二通とちがって、それはとびつづけ、ぐんぐん、ぐんぐん、山のてっぺんに向かって、もっと高いところに向かって、のぼりつづけてる。ピピンがめいっぱいジャンプしないととどかないくらいに高く。つかまえた。ピピンは、にーっと笑って、あたしに手紙を見せた。「すごい！　クイーンズランドだ！　オーストラリアだ！　地球の反対側だよ！　希望がもどったんだ！　それにほら！　空を見て！」

あたしは夜空を見あげた。そこには、見たこともないほどにかがやく緑色の光が広がっていた。

「まちがいない！　きみの考えはあたりだよ！」

あたしは、わくわくするような、おそろしいような心地《ここち》がした。

深呼吸《しんこきゅう》をひとつして、エルフヘルムに目をやった。スートは、コートの中で気持ちよさそうにまるまってる。あたしはまっ暗な森木立《もりこだち》の丘《おか》を見つめ、あそこでなにが待っているだろうと考えた。そして歩きだし、ほんの数歩、山を下りかけたところで、八頭のトナカイがひく大きなそりに気がついた。こっちに向かって、空をかけてくる。

「ファーザー・クリスマスだ！」ピピンが興奮《こうふん》して、かん高い声をあげた。

ほんとにそうだった。

そりは急ブレーキをかけて止まった。雪の上、数インチのところで。あたしの目の前で。

「アメリア！　いったいどこにいってたんだ！」

「ごめんなさい。あたし、村にいちゃいけないと思って。あたしがいるせいで、なにもかも悪いほうに向かってる気がして。メアリーも、あたしがいないほうが幸せになれるだろうし。だから、帰ろうと思ったの」

「しかしアメリア、きみの帰る場所は、わたしたちのところだろう？　わたしとメアリー、トナカイ通りのあの家。それがきみのいるべき場所じゃないか」

そういってもらえると、すごくうれしくて、あたしはそりに乗りこみ、ファーザー・クリスマスのあたたかい肩《かた》に頭をもたせかけ、ピピンにさよならをいった。だけど、ヴォドルのことやあたしの計画については、ファーザー・クリスマスには、ひとことも話さないでおいたの。

17 真実の妖精《ようせい》との取り引き

ファーザー・クリスマスは、あたしを家に連れて帰った。あたしはねむり、目をさまし、朝ごはんを食べた。勝手にぬけだしたことを心から反省してるようにふるまい、そして、ファーザー・クリスマスとメアリーがおもちゃ工房《こうぼう》に出かけたあと、あたしはまたぬけだした。だけど、今度はよく考えたうえでの行動よ。あたしはまず、真実の妖精《ようせい》の家に向かった。

「じゃ、今夜はクリスマス・イブなわけだし、はっきりさせとかなきゃね。お金はあたしが半分もらう。で、仕事は、あんたひとりでやる。それでいいわね？」

真実の妖精《ようせい》は、腕組《うでぐ》みをし、ポケットにネズミを入れて、ドアによりかかってる。出された条件《じょうけん》はきびしいけど、あたしには真実の妖精《ようせい》が、どうしても必要だった。

新聞ネタにいくらすばらしい話をみつけたとしても、それだけではだめ。ヴォドルがそん

なのでたらめだといえば、それでおしまいだもの。ノーシュもいってた。すべて真実だと**証《しょう》明《めい》する必要がある**。そして、真実の証明《しょうめい》なら、真実の妖精《ようせい》を証人《しょうにん》にする以上の方法はない。

「いいわ。それでお願い」

「あたしのことも新聞に書いてくれる？」

「もちろん」

「そしたら、ファーザー・クリスマスもそれを読む？」

「まちがいなくね。ファーザー・クリスマスへのクリスマス・プレゼントになるわ」

「で、あんたが先にいくのよね？　先に穴《あな》に入るんでしょ？」

「そうしたほうがいいんなら」

真実の妖精《ようせい》はうなずき、手を差しだした。

「じゃ、決まりね、まる耳さん」

18 トンネルの中へ

一時間後、あたしたちは穴《あな》の前にいた。穴《あな》は暗かったけど、おりてみると、たいして深くはなかった。穴《あな》の底に立っても、頭をふちから出せるくらい。

うーん。これは、たいした記事にはならないかも。

そう思ったけど、かがんでみると、穴《あな》は**これで終わりじゃない**ことがわかった。そこからまたべつの穴《あな》がいくつものびてる。

「横穴《よこあな》が七つあるわ。トンネルよ。この穴《あな》から、いろんな方向にのびてる。どれも小さい穴《あな》よ」

あたしは、穴《あな》の外にいる妖精《ようせい》にそうつたえると、七つのトンネルをひとつひとつのぞきこんだ。どれも同じくらい暗くて、同じくらいあやしい。どれをいけばおもしろいものにいきあたるのか、まったく見当もつかない。ぜんぶおもしろいかもしれない。ぜんぶおもしろくないかもしれない。

真実の妖精《ようせい》は、穴《あな》のふちから顔をのぞかせた。「あー、そうね、どれも小さくて、あんたは入れそうもないわ。記事は、これで決まりでいいんじゃない？『森で穴《あな》が発見された。小さくてとても入れないとわかったので、家に帰った』」

「入れるわよ。それに、あたしが入れるなら、あなたも入れるわ」

「まさか！　あんたみたいにばかでかいばけものが入るには、ぜんぜん小さすぎるわ。あたしにも小さすぎる。ネズミなら中に入れるかもしれないけど、マールタは家に置いてきたし、だから……」

「あたし、前はえんとつそうじをやってたの。これより小さなえんとつにも、何度ももぐったことあるわ。さあ、いきましょ。この穴《あな》からためしてみる。東に――エルフヘルムのほうにのびてるやつ」

「でも、あたし……」真実の妖精《ようせい》は、不安そうな声を出した。

あたしは妖精《ようせい》の目を見つめて、いった。「あなたが力をかしてくれたってわかったら、ファーザー・クリスマスはきっと感心するわ」

「ほんと？」

「ええ、ほんと」

それで、妖精《ようせい》はあたしのあとからトンネルに入った。手とひざをつかって、えんえんとつづく暗い横穴《よこあな》を進んでくと、やがてうしろからさす光も消えて、まっ暗闇《くらやみ》になった。トンネルの中はきゅうくつだった。とくに、あたしにとっては。だけど、いったんリズムをつかむと、ひじをつかって、けっこうすいすい、はっていけたわ。

じきに分かれ道に出た。右にいくか、左にいくか。左のほうが右よりちょっと広かったから、左に進むことにした。

「こっちのほうが、生きうめになる危険《きけん》は少ないと思うわ」あたしは、妖精《ようせい》に気をつかって、そう説明した。

でも、また少しいくと、分かれ道があった。今度は右に進んだ。つぎは左。つぎはふたつのトンネルが交差した場所に出たけど、まっすぐ進むことにした。つぎは左。そのつぎは右。

真実の妖精《ようせい》はため息をついた。「ねえ、まよったんじゃない？　て

ことは、あたしたち、地下で死ぬことになる確率《かくりつ》がぐっと上がったんじゃないの？」

「それ、いう必要あった？」

「だって、真実だから」

「でも、だまってることはできるんじゃないの？　だまってれば、うそついたことにはならないでしょ。だまってればいいのよ」

「不安になると、なんかしゃべりたくなるのよ。しゃべってれば、生きてる感じがするから」

このトンネルの闇《やみ》ほど暗い闇《やみ》を、あたしは知らなかった。みんな、えんとつの中はまっ暗だと思ってるけど、**完全にまっ暗**なわけじゃない。いつだって、上からか下から、少しは光が入ってくる。だから、しばらく中にいれば、しだいに目が慣《な》れて、ものが見えてくるの。目の前に手をもってくれば見えるし、指の一本一本もわかる。でも、このトンネルでは、指なんか見えなかった。なんにも見えない。

「ねえ、どんな感じ？」うしろから、妖精《ようせい》の声がした。「――ファーザー・クリスマスといっしょに暮《く》らすって」

「うーん、なかなか慣《な》れないわ。だってほら、エルフヘルムってとこは――」

「エルフヘルムのことはどうでもいいの。**あの人はどんな感じ？**　どんなことしてる？　家の中ではどうしてるの？」

「ああ……えっと……よく食べる。自分で料理もする」

「歌ったりする？」

「うん、たまにね。たまに歌ってる」

「なにを歌うの？」

「クリスマス・ソング」

「そりゃそうね。でも、すてき……。ねえ、あたしのこと、なにかいってる？」

よくおぼえてなかったけど、あたしはべつに真実をいう必要はないから、ここは社交辞令《しゃこうじれい》ってやつをつかっておいた。「んー、わからない。でも、そうね、うん。あなたのことはいっぱい考えてると思う」

「なんていってた？」

「んー、そうね……たとえば、真実の妖精《ようせい》は好きだ。真実の妖精《ようせい》はすごい。ホッホッホー！」

「ホッホッホー？　なんでそんなこというの？」

「いつもいってるわ。そういうふうに笑うの。ふつうは『ハッハッハー』とか『ヒッヒッヒヒー』とか笑うもんだけどね。でも、ファーザー・クリスマスの場合は、『ホッホッホー』なの。ほかよりちょっとまるい笑いかたよ」

「じゃ、あたしのこと笑ってたの？」

「そうじゃなくて、ファーザー・クリスマスは、幸せだと笑うの。それって、だいたいいつもだけど」

「変わってるわよね」真実の妖精《ようせい》は夢見《ゆめみ》るようにいった。「でっかくて、まるくって、よく笑って、たまらなくかわいい、ジンジャーブレッドのにおいのする変わり者」

あたしたちは、はって、はって、はいつづけ、だいぶたったころに（たぶん、一時間くらいだと思うけど、よくわからない）、べつのトンネルに出た。明るいトンネルよ。ミミズみたいな小さな生きものがたくさん光ってる。魔法《まほう》のミミズ。いろんな色のミミズ。黄色、緑、あい色。

「**カラフルミミズ**よ」真実の妖精《ようせい》が教えてくれた。「でも、変ね」

「なにが？」

「だって、カラフルミミズは地面の下のミミズとはちがうの。木の中に住んでるのよ。木とか、本とかに。本も木も、おんなじものだからね。あたしのおばさんがよくいってたんだけど、本ってのは夢《ゆめ》を見る木なんだって。おばさんは夢妖精《ゆめようせい》だったの、真実の妖精《ようせい》じゃなくて。夢妖精《ゆめようせい》は、いつわりの妖精《ようせい》よりは、ちょっとだけほんとのことをいうわ。ただ、真実より、とびきり美しい説明を好むの。だから、たとえば、おばさんはこういってた。月がいつも空にひとりでうかんでるのは太陽とけんかしたからで、月はときどきさびしくなって、さびしくなると、どんどん小さくなっていくんだって。もし三日月を見たなら、それは月がものすごくさびしがってるときで、月の出ない夜は、月がどうしようもなくさびしがってるんだって。それから、雪は月からふってくるともいってたわ。月からはがれおちたかけらなんだって。まあ、とにかくね、カラフルミミズは土の中に住んでたりしないってことよ。ふつうはね」

「じゃ、なんでここにいるの？」ついそうきいちゃったけど、こたえはもうわかってた。そして、真実の妖精《ようせい》はもう、そのこたえを緊張《きんちょう》した声で早口にささやいてた。

「だれかが、ここに放《はな》したのよ。トンネルの中を照らすために」

「そんなこと、だれが？」

「そもそもこのトンネルをつくったのとおんなじやつらよ」

また分かれ道にきた。

「明るいほうにいきましょ。それに、こっちのトンネルのほうがちょっと広いわ」

「だめよ。そっちはだめ」真実の妖精《ようせい》はいった。「このトンネルをつくったやつらがいるわ」

「そのとおりよ。だから、**こっちにいかなきゃならない**の。いって、だれかたしかめなきゃ。これが、あたしたちの記事になるの――こっちの道がね。さあ、いくわよ」

妖精《ようせい》はしぶしぶあたしについてきた。あたしたちは、道を照らしてるカラフルミミズをうっかりつぶしてしまわないよう気をつけながら、はって進んだ。

あたしはそこで、あるものに気がついた。足あとだ。けものの足あと。あたしは、それをじっと見おろした。まるっこいくぼみの先に、ぽつぽつと小さなくぼみがついてる。指のあとよ。そのとなりにも、もうひとつ同じ足あとがある。

真実の妖精《ようせい》があたしの横に割《わ》りこんできて、いっしょに足あとをのぞきこんだ。妖精《ようせい》はすぐに、ほかにも足あとがトンネルの先につづいてるのをみつけて、指さした。

「あらら、ウサギだわ」

「ウサギ？　丘《おか》と穴《あな》の地の？」

「そう。だけど、あそこからは二百マイルもはなれてるわ。だとしたら、このトンネル、二百マイルはつづいてることになる」

「それか、もしかすると――」あたしは声に出して考えた。「ウサギたちが森木立《もりこだち》の丘《おか》まで地上をやってきて、そこであの穴《あな》をほったのかも」

「かもね。それに、もしかしたら、穴《あな》はこれだけじゃないかも。どれもふつうの穴《あな》じゃないかも。やつらは、ここになにかを放《はな》す気かも。これは、わななのかも。あたしたち、ウサギの朝ごはんにされちゃうかも」

「もっとポジティブに考えられないの？」

「あたしは真実の妖精《ようせい》よ。考えられることはぜんぶ正直にいわないといけないの。頭を地面の下にかくして、見て見ぬふりをするなんて、できないの。ウサギにふまれるまでそうしてるわけにいかないの。ウサ……」妖精《ようせい》は、そこで口をつぐんだ。まわりをはうミミズたちが放《はな》つ、にじ色の光で、妖精《ようせい》の顔が見えた。まゆをよせ、なにかに集中しようとしてる。とんがった耳がぴくぴくしてる。

「あらら」

「なに？」

「きこえない？」

「なにが？　なにがきこえるの？」

そのとき、あたしにもきこえた。かすかにだけど、前のほうからなにかきこえる。少しずつ大きくなってる。

声じゃない。ヒューッというような音。それに、なにかがはばたくような音。

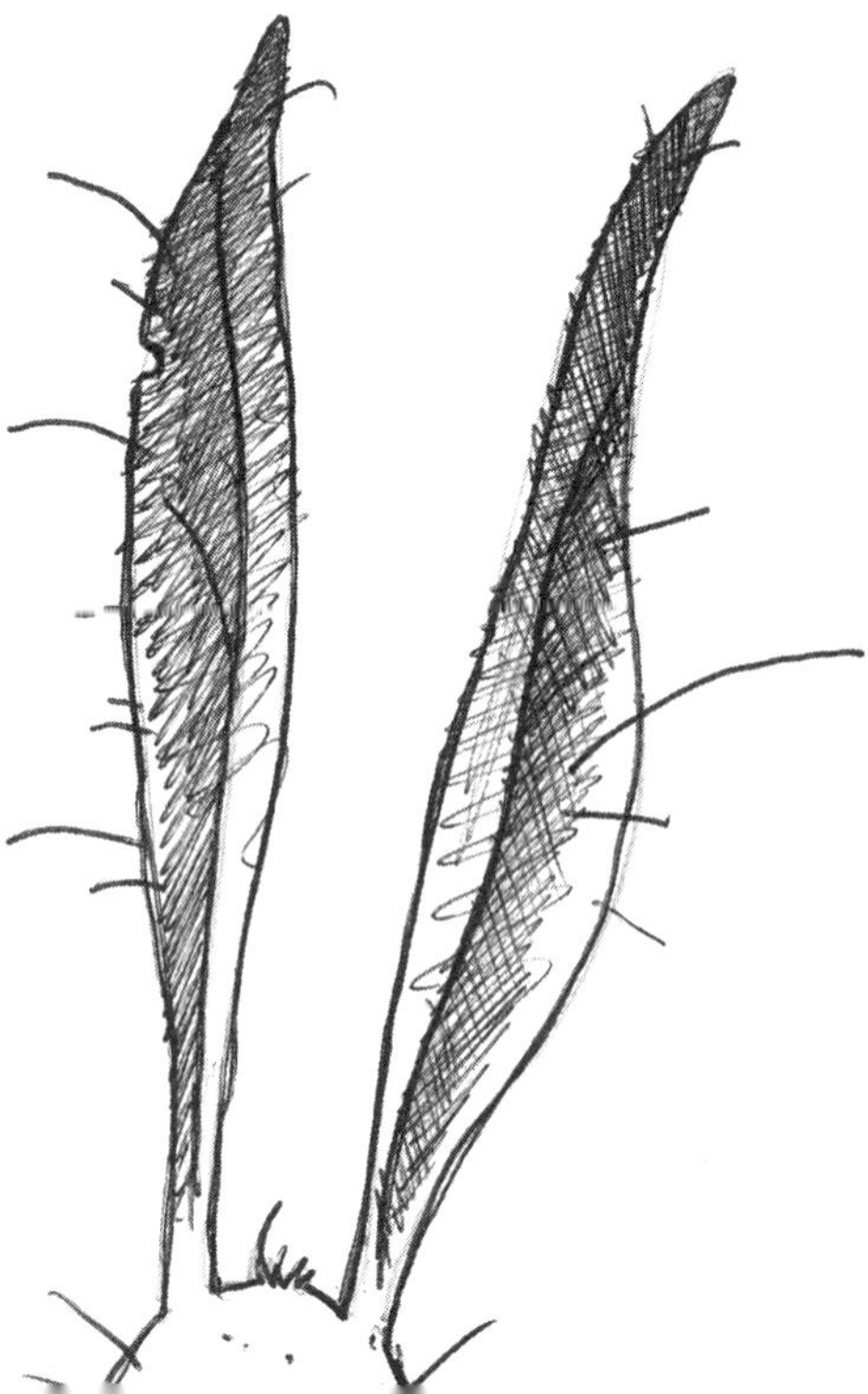

「にげないと」妖精《ようせい》がいった。「走らないと。**めちゃめちゃ速く、めちゃめちゃ急いで、めちゃめちゃいま**」

でも、走ることはできなかった。トンネルの中は、はって進むしかなく、走るなんてむり。それに、走れたとしても、まにあわない。

だって、それはもうそこまできてたから。

「鳥よ！　頭下げて！」あたしはさけんだ。

だけど、真実の妖精《ようせい》は、するどい耳をもってるばかりじゃなく、するどい目ももってた。

「鳥じゃないわ」

妖精《ようせい》が（なんたって、真実の妖精《ようせい》だもの）正しかった。トンネルの床《ゆか》にはりつくように身を低くしたあたしたちの上を、ものすごい数のなにかがはばたき、通りすぎていった。

紙だ。紙がとんでる。

あたしは、空をとんできてエルフたちの手に舞《ま》いおりた、あの新聞のことを思いかえした。穴《あな》をみつけた日に、空とぶおはなし妖精《ようせい》が絹《きぬ》のようななめらかな声でいったことも思いだした。

むかしむかし、あるところに紙の鳥がいました。鳥は穴《あな》を出て、光の中へとびたちました。

とんでくる紙をひとつつかんで見ると、表にあたしの顔があった。その上には、『デイリー・ホント新聞』の文字。でも、のってたのは、あたしの顔だけじゃない。ファーザー・クリスマスとメアリーの似顔絵《にがおえ》もある。大見出しには **「人間は出ていけ!」** とあった。

真実の妖精《ようせい》はそれを見て、顔をしかめた。妖精《ようせい》はその先の記事も少し読んだ。

「うそばっかりだわ！　ファーザー・クリスマスはエルフをにくんでなんかいない！　あの人はエルフヘルムを人間のものにしようなんて、ひそかにたくらんでなんかない！　家の中に何百万ってコインチョコレートをためこんでたりもしないわ！」

「どれもこれもでたらめよ」あたしもいった。

新聞があばれて、あたしの手をぬけだした。そして、また仲間の中にもどり、トンネルのむこうへとんでった。行き先は、たぶんエルフヘルム。

あたしたちは先に進んだ。トンネルはどんどん明るく、どんどんカラフルになっていく。あたりの土から出たり入ったりするカラフルミミズの数が、どんどん多くなってたから。トンネル自体もどんどん広くなって、いまはふたりならんではっていけるくらいになった。

「ヴォドルはここで新聞を刷ってるんだわ。ファーザー・クリスマスがふしぎがってたのよ。デイリー・スノーのビルをとりあげられたのに、どうやって新聞をつくってるんだろうって。

これがそのこたえなのよ」

「でも、ヴォドルはウサギじゃない」妖精《ようせい》がいった。「けものの足あとは見たけど、エルフの足あとは見てないわ。エルフはけものの足をしてないもの」

「たしかに、それは真実ね」

「もちろんよ。それに、このトンネルは印刷機を置いたり、編集室《へんしゅうしつ》を置いたりできるほど広くないわよ。置けるとすれば――」

「すれば？」

一瞬《いっしゅん》、ふたりともだまりこんだ。妖精《ようせい》の耳が、またぴくぴくしてる。

「今度はなに？」

「声よ。ほら……」

耳をすましてみたけど、とくになにもきこえない。だけど、**におい**には気がついた。なにか、いいにおいがする。

チョコレートだ！

「あっちのほうから声がするわ」妖精《ようせい》は右にのびてる明るいトンネルを指さした。チョコレートのにおいがするのもそっちからだ。

「声って、どんな声？」

「わからない。けど、正直いって、わかりたくないわ。帰りたい気分よ」

「いてくれなきゃだめよ。いい？　ここでなにかがおこなわれてるの。なにか、とんでもないことが。ウサギに空とぶ新聞、地下にはりめぐらされたトンネル。それに、チョコレートのにおい。あやしいわ。ファーザー・クリスマスに危険《きけん》がせまってるかもしれない。それなのに、たすけないでにげるつもり？　ファーザー・クリスマスの英雄《えいゆう》になれるチャンスをふいにするの？」

真実の妖精《ようせい》は両手と両ひざをトンネルの床《ゆか》につけたまま、苦しそうな顔であたしを見た。

「たすけたい。ファーザー・クリスマスの英雄《えいゆう》になりたい。あたしがあの人を夢見《ゆめみ》るように、あたしのことを夢見《ゆめみ》てほしい。『真実の妖精《ようせい》、きみがいなかったら、どうなってたかわからないよ』っていわれたい」こういってしまってから、妖精《ようせい》はうらめしそうな顔をした。「お願いだから、これ以上質問《しつもん》しないでくれる？　あんたが質問《しつもん》すると、あたしはこたえなきゃならない。こたえずに無視《むし》することはできない体なの。ほんとのことをいわないといけない。声に出してね。最低だわ」

「真実が最低なわけないわ」

「どんな真実だって、最低になることはあるの。あたしはそれを、いやってほど知ってるわ」
　あたしはチョコレートのにおいのするほうに進み、妖精《ようせい》はしぶしぶついてきた。すぐに、あたしにも声がきこえてきた。それから五分くらいして、あたしたちはひらけた場所に出た。ひらけてるってのは、上にじゃない。下にひらけてたの。遠くに明かりが見えた。下からの明かりよ。トンネルはそこで終わってた――というか、そこからいきなり下に向かってたの。すごく急な坂道。そして、下にはとんでもなく広い地下室が見

えた。部屋というかホール？　ウサギの巣かもしれないけど。

そこにウサギたちがいた。

何百匹《びき》も、何百匹《びき》も。何千匹《ひき》かもしれない。**ウサギの全軍よ。**

しかも、小さなウサギ小屋に入れておけるような、ふつうのウサギじゃない。そこにいるウサギは、みんな犬くらい大きかった。それも大型犬くらいに。背《せ》の高さはみんな、ピクシーと同じくらいあるし、エルフくらい大きいやつもいる。ウサギたちは、みんなうしろ足で立ってた。この広い地下スペースは、カラフルミミズだけじゃなく、あちこちにかかったランタンの火に照らされて、明るかった。ウサギたちは服を着てる。軍服よ。戦闘服《せんとうふく》。ただし、ぼろぼろの。上着は青と白で、金ボタンがついてる。前のほうにずらっとならんでるのが、たぶん将軍《しょうぐん》たち。ナポレオンみたいな黒いぼうしをかぶってる。胸《むね》ポケットの上に金色のくんしょうをつけてるウサギもいた。

ウサギたちのまん中に、ばかでかいスープなべみたいな、巨大《きょだい》な銅《どう》のタンクがあった。

ウサギはみんな、あたしたちに背中《せなか》を向けてる。そして、背《せ》の高い黒いぼうしをかぶり、赤い上着を着た、小がらなウサギのほうを見ていた。そいつはうしろ足で立っても、ほかのウサギより小さい。ただし、土をかためた舞台《ぶたい》みたいなものの上にいるから、みんなを見おろすかっこうになってる。耳はすごく長くて、ぴんと立ってるけど、左耳はとちゅうで折れてた。そのウサギは、舞台《ぶたい》の上をいったりきたりしながら、大きな前歯がゆるすかぎりはっきりと、大きな声でしゃべっていた。

あたしはトンネルのはしにできるだけよって、そのようすをのぞきこんだ。

「なにやってんのよ?」真実の妖精《ようせい》がきいた。そよ風よりもかすかなくらい、小さな小さなささやき声だ。

「見てるのよ」あたしもささやきかえした。「これを記事にするの。まさにこのことをね」

真実の妖精《ようせい》はあきれ顔をしたけど、あたしといっしょに地面にねそべり、下のようすに目をこらし、耳をすました。ふたりとも心臓《しんぞう》がバクバクいってて、それがウサギたちにきこえるんじゃないかと思った。

「あららら」妖精《ようせい》がかすかな声をもらした。「あたし、あいつのこと知ってるわ」

「だれなの?」

「イースター・バニーよ」

19 イースター・バニー

イースター・バニーは、舞台《ぶたい》の上を歩きまわってる。その顔は、とてもシリアスで、不きげんそうに見える——ウサギにしてはだけど。

「われわれを見よ」イースター・バニーはウサギ軍の面々にいった。「ここにいるわれわれを見よ。将軍《しょうぐん》に兵士。天才たち。芸術家《げいじゅつか》たち。だが、ここは地下だ。だれの目にもとまらない。ウサギでいるとは、そういうことだ。昼の光からかくれ、世間からかくれ……。われわれは、あまりにも長く、世界の底辺でありつづけた」

「長すぎる」大半のウサギがうなずきながら、つぶやいた。「あまりにも長い」

「そして、われわれがなしとげたものを見よ。われわれの実力を見るのだ。われわれは天才だ。このウサギ穴《あな》を見るがいい。われわれは、広大なトンネルのネットワークをあますところなくはりめぐらした！」イースター・バニーは、ここで部屋のまん中にある銅《どう》のタンクを指さした。「われわれは、**あれ**をここに設置《せっち》することにも成功した！　地下どうくつの戦いでは、トロルどもさえうち負かしたのだ！」

「そうだ、そうだ！」ウサギたちは声を合わせた。

「だが、それ以上に、われわれは芸術家《げいじゅつか》だ。この上に住むエルフたちはものづくりが得意かもしれん。おもちゃ、そり、その他の基本的《きほんてき》なものはな。しかし、われわれの仕事は**芸術**《げいじゅつ》だ。このトンネルの複雑《ふくざつ》さを見よ。喜びに満ちたわれらの音楽はどうだ。そして、もうずいぶん前に亡くなった、わがはいの気の毒な母のような職人《しょくにん》のもつみごとな技《わざ》は。母のつくったすばらしいチョコレート・エッグの彫刻《ちょうこく》の数々は。われわれは詩人の心をもっている。われわれには想像力《そうぞうりょく》がある。それでいて、戦士でもあるのだ！　なぜそうあらねばならないのか。われわれはそのこたえを知っている。われわれはふたたび脅威《きょうい》にさらされているのだ。エルフと人間が手を組んだ。エルフどもにあらたなヒーローが誕生《たんじょう》した。センスのない服を着た、しらが頭の太った男だ。名前をファーザー・クリスマスという。また、いまや人間はやつひとりではない。やつらが、この魔法《まほう》の地のすべてを支配《しはい》する計画をたてていることに、うたがいの余地《よち》はなかろう。われわれは、これまでの努力のすべてをむだにする気など、さらさらない。あるものか。われわれはウサギだ！　それも、ただのウサギではない！　丘《おか》と穴《あな》の地のウサギなのだ！　もはや**がまんの限界《げんかい》**である！」

「がまんの限界《げんかい》だ！」ウサギたちが、また声を合わせた。

イースター・バニーは、大声で笑った。いままでにきいたことがないくらい、どうかしたみたいな笑いかただった。頭をのけぞらせ、遠ぼえのような声を出してる。オオカミのまねをするウサギって感じ。だけど、とちゅうからその笑いに力がなくなり、悲しそうな声になり、ふっととだえて、消えてしまった。

笑いがとだえると、イースター・バニーはその広い穴《あな》の中をぐるりと見わたし、そして、目を上げた。あたしはドキッとし、トンネルのふちからあたしたちが顔を出してるのに気づかれたんじゃないかと思ったけど、イースター・バニーは、そのまま話をつづけた。「ここで諸君《しょくん》に紹介《しょうかい》しよう。まさにスペシャル・ゲストだ。彼《かれ》はエルフだが、警戒《けいかい》する必要はない」

ウサギたちは、ざわついた。

「ウ、ウシャベリはやめろ！」イースター・バニーがどなった。「そして、信頼《しんらい》のできるただひとりのエルフに、前足を合わせてあいさつするのだ。われらがあらたなる巣穴《すあな》の建設《けんせつ》に協力してくれたエルフ……ファーザー・ヴォドル！」

やっぱりそうだった。このたくらみの中心には、**やっぱり**ヴォドルがいた。真実の妖精《ようせい》とあたしは、黒ひげのエルフが舞台《ぶたい》に上がるのを、息をつめて見まもった。

「ありがとう、イースター・バニー」ヴォドルはにこにこしてる。「そして、ありがとう、ウサギ諸君《しょくん》。わしにおとなりのスペースをつかわせてくれたことを、感謝《かんしゃ》する。わしがスタッフと前につかっていた編集室《へんしゅうしつ》ほどの広さはないが、役にはたってくれとる。そして、協力するといえば……そう、ともに力を合わせ、ファーザー・クリスマスをやっつけよう。わしらの目的は同じだ。わしは、やつがエルフを洗脳《せんのう》するのをやめさせたい。きみたちウサギは、人間に命をうばわれないかとおびえる暮《く》らしから解放《かいほう》されたい。それには、クリスマスを確実《かくじつ》に阻止《そし》することだ！　**ファーザー・クリスマスを阻止《そし》する**のだ！」

ウサギたちから歓声《かんせい》があがった。ヴォドルの演説《えんぜつ》はつづいた。

「そのためにわしらは、エルフヘルムの全住民に、ウサギとエルフが、過去《かこ》に不幸なできごとがあったにせよ、本来、友人どうしであることをしめすのだ。そして、人間はその逆《ぎゃく》だと。

わしらこそ真実の側にあると、しめさねばならん。それには、**うそをつくのがいちばん**なのだ」

あたしの横で、真実の妖精《ようせい》が息をのんだ。ウサギたちの中にもとまどってる者がいる。

ヴォドルは、さらにつづけた。「このま上には、チョコレート銀行がある。銀行の中には……そう、たくさんのチョコレートがある」

じゃあ、このおいしそうなにおいは、そこからくるのね。

「どこをさがしても、これほど上質《じょうしつ》のチョコレートはない。それがみんな、諸君《しょくん》のものになる。諸君《しょくん》のものにだ！　そこの巨大《きょだい》タンクいっぱいに、とけたチョコレートを入れる。そうすると、諸君《しょくん》は、これまでだれも食べたことがないような絶品《ぜっぴん》の卵形《たまごがた》チョコをつくることができる。いっぽう、今年のクリスマスは、どの子のくつ下にもコインチョコレートは入らないというわけだ。おもちゃ工房《こうぼう》であれほどいそがしく働いたエルフたちに、賃金《ちんぎん》がしはらわれることもない。エルフたちは怒《おこ》り、その怒《いか》りをぶつける相手を求め……」

イースター・バニーは、うんうんとうなずいてる。話に熱心に耳をかたむけるあいだに、たれていた左耳もぴんと立っていた。イースター・バニーはまた前に進みでて、エルフの背《せ》中《なか》に前足をそえた。「**怒《いか》りをぶつける相手**なら決まってるだろう、ファーザー・ヴォドル？

さあ、いってくれ。みんなに教えてやってくれ」

「ファーザー・クリスマスだ。ファーザー・クリスマスは、銀行強盗《ごうとう》として知られるようになるだろう」

イースター・バニーは興奮《こうふん》して前足をかんだ。「どうだ！　わがはいがこれまで諸君《しょくん》にいってきたのは、このことだ！　イースターが力をとりもどす。クリスマスは、もとのみじめな、灰色《はいいろ》の、冷たい冬の日に逆《ぎゃく》もどりだ。いっぽう、ウサギが地面の下からまぶしい太陽のもとに出ていくイースターは、ふたたびなにより大事な日とされるのだ。すまない、ファーザー・ヴォドル……つづけてくれ」

ヴォドルはせきばらいをした。「『デイリー・ホント新聞』に銀行強盗《ごうとう》の記事をのせ、エルフ全員に配る予定だ」イースター・バニーは、ヴォドルの言葉をきいて、興奮《こうふん》で目をお皿のようにまるくし、うなずいてる。ヴォドルはいった。「だが、それだけではない。ファーザー・クリスマスには**動機**がある。やつは金にこまっており、そのことは、この前ウサギ穴《あな》をとびだしていった新聞を読んで、みんなが知っておる。そう。やつは、そりをべんしょうしたいと思っておるのだ。あのいまわしい人間の娘《むすめ》が破壊《はかい》したそりをな。だから、銀行強盗《ごうとう》の容疑者《ようぎしゃ》として、エルフヘルムでいちばんあやしいのは、やつだということになる。まさに完ぺきな計画だ。そのあと、ファーザー・クリスマスは牢《ろう》に入れられ、わしがふたたびエルフ議会の長になるだろう。そのあかつきには、ウサギ諸君《しょくん》がエルフヘルムに自由に出入りし、どこでも好きなところに住むことができるようにしよう」

「悪いやつ」真実の妖精《ようせい》が、小声でいった。「ウサギたちにはそれがわからないのね」

そのとおりだった。ウサギたちは歓声《かんせい》をあげてる。イースター・バニーは、ここでまた舞《ぶ》台《たい》の前面に立った。

「ありがとう、ファーザー・ヴォドル」イースター・バニーは首からさげたペンダントをぎゅっとにぎりながらいった。「クリスマスが忘《わす》れさられるときがきた。イースターの栄光をとりもどすときだ……さあ、諸君《しょくん》。ここでひとつ質問《しつもん》だ」

「ああ、待って……」真実の妖精《ようせい》はうめいた。「質問《しつもん》はやめて。質問《しつもん》はやめて。質問《しつもん》はやめて。ねえ、あたしの耳をふさいで」妖精《ようせい》はあわてて両手で耳をおさえた。理由はわかってる。質問《しつもん》をされたら、正直にこたえなきゃならないから。だまってはいられないの。だって、真実の妖精《ようせい》だもの。そこで、あたしも妖精《ようせい》の耳をしっかりおさえてやった――というか、耳をおさえてる妖精《ようせい》の手を上からしっかりおさえてやった。どうか、イースター・バニーの質問《しつもん》が耳に入りませんようにと祈《いの》りながら。

だけど、イースター・バニーは声をはりあげ、その言葉はひろびろとしたウサギ穴《あな》じゅうにひびきわたった。

「だれか、正直にこたえてくれ。ファーザー・クリスマスのことをどう思う?」

妖精《ようせい》にきこえてしまったことは、目を見ればわかった。ピクシー独特《どくとく》の大きな耳は、結局、とっても敏感《びんかん》にできてるのよ。

穴《あな》の中はしんと静まりかえった。ウサギたちのだれひとり、口をひらく者はなく、ただみんな、耳をぴんと立てて、だれかがこたえるのを待ちかまえてる。

「だれかいないか?」イースター・バニーがうながした。「さあ、いってみろ。はずかしがることはない。質問《しつもん》にこたえるんだ。ファーザー・クリスマスをどう思う?」

真実の妖精《ようせい》は顔をゆがめ、息を止め、顔をまっ赤にしてる。そうしないとこたえてしまうのが、わかってたから。妖精《ようせい》はけんめいに口をおさえたけど、とうとうその手がはじかれるようにはなれ、そうなるともう自分でも止めることができなくて、ウサギたちにも、イースター・バニーにも、ファーザー・ヴォドルにもきこえるよう、めいっぱい声をはりあげて、さけんでたの。

「とってもすてきな人だと思う!」

息をのむ音が、風のように穴《あな》の中に広がった。みんないっせいにあたりを見まわし、こだまするその声がどこからしたのか、見きわめようとしてる。

「だれがいった？」イースター・バニーは、すぐさま問いただした。

真実の妖精《ようせい》は、もう必死で自分の口をおさえようとしてたけど、とにかく手がそうすることをいやがった。あたしがいっしょにおさえてもだめで、まるで、強力なじしゃくの同じ極どうしをくっつけようとしてるみたいだった。

「あたしがいったの！」自分の意志《いし》に反して、妖精《ようせい》はさけんでた。**「あたしよ！　真実の妖精《ようせい》よ！」**

「ほほう！」ヴォドルがいった。「真実の妖精《ようせい》か！　そいつなら知っとるぞ。やつに質問《しつもん》してみろ！　なんでもこたえてくれるぞ！」

「どこにいる？」イースター・バニーがどなった。「ほかにだれがいる？　ここでなにをしてる？」

「シィイイ！」あたしは、真実の妖精《ようせい》にいってみた。

だけど、当然、むだだった。

「ここにいるわ！　アメリアが、人間の子がいっしょよ！　あんたたちを見はっ

てたの！　いま、にげようとしてるとこよ！」

　イースター・バニーは目を上げ、あたしたちをみつけた。「見ろ！　あそこだ！　侵入者《しんにゅうしゃ》だ！　ウサギ諸君《しょくん》、やつらをつかまえろ！　そして、ここに連れてこい！」

　あたしたちは、トンネルをはって、あともどりしはじめた。全速力で。

「ごめんなさい！」妖精《ようせい》がキンキン声であやまった。

「あなたのせいじゃないわ」

「ほんとに、いやいやいったのよ！」

　あたしたちは左に曲がり、右にいき、くるときには通らなかったトン

ネルをくだった。そっちは走れるくらい大きかったから。それに、カラフルミミズがほとんどいなくて、暗かったから。でも、そのうち、なにかがきこえた。だんだん大きくなる雷《かみなり》みたいな音で、そのせいであたしたちの立ってる地面はゆれ、くずれた土のかけらが、ぱらぱらと顔にふりかかった。ウサギの軍団《ぐんだん》が追ってきたの。

「走って！」妖精《ようせい》がいった。

「走って！　**走ってえ！**」

でも、だめ。自分たちがいったいどっちに向かってるのかも

わからないんだから。ウサギ軍はあたしたちよりずっとよくこのトンネルを知ってる。

「たいへん」前方の暗闇《くらやみ》に、ウサギたちの影《かげ》が見えた。「こっちはだめよ！　もどらなきゃ！」

あたしたちはそうした。でもすぐに、こっちに向かってくるウサギたちのすがたが見えた。走ってくるウサギ、はねてくるウサギ、四本の足ですばやく進んでくるウサギ。いちばん近くのウサギのすがたは、もうはっきりと見えてた。メスのウサギで、ぼろぼろの緑の軍服をくんしょうでかざり、片目《かため》に眼帯《がんたい》をしてる。そいつは、長い柄《え》のついた大きなあみを持ってた。

つぎの瞬間《しゅんかん》、あたしたちはもう、その中にいた。あみの中にね。そして、ひきずられてた。

「よくやった、３８２番！」だれかが、あたしたちをとらえたウサギに声をかけた。

「にげなきゃ！」いま走ってきた道をひきずられて逆《ぎゃく》もどりしながら、あたしはあみからのがれようと、じたばたした。

「むだよ」妖精《ようせい》が小さな声でいった。「にげられないわ」

そしてもちろん、それは真実だった。

20 チョコレート・エッグの教え

あの地下の大広間にもどったときには、もう事ははじまってた。チョコレートが、滝《たき》のように流れおちてる。天井《てんじょう》のまん中から、銅《どう》の巨大《きょだい》タンクの中へ。

あたしも妖精《ようせい》も、その光景にがくぜんとした。あたしたちは382番ともう一匹《ぴき》のウサギにとらえられていた。どちらのウサギもベルトにナイフをさしてる。「どうだ？」と、イースター・バニーがいった。「見えるか？　あそこだよ。チョコレートが流れおちてくる、あの穴《あな》だ。あれは一マイルも上につづいている。銀行の下の、それだけ深いところに、われわれはいるのだ。われわれがやったのだよ。トンネルをまっすぐ上にほるのがどんなにむずかしいか、わかるかね？　足場ひとつないのだからな」

「いいえ」と、うんざりした声で妖精《ようせい》がこたえた。「わかんないわ。でも、すごくむずかしかっただろうとは思うわ」

「そうとも。ものすごくたいへんだった。だが、わがウサギ軍は、最高の中の最高。最高の中の最高の中の最高といっても、いいだろう。最高の中の最高の中の最高の中の最高とまではいわんが、とにかくまったくすばらしい軍隊だ。その彼《かれ》らの仕事だよ」

「こんなことして、ただじゃすまないんだから！」あたしは泣きさけんだ。

そのとき、ヴォドルが前に出た。「それが、すむのだ。なにしろ、きさまのおかげで仕事がだんぜんやりやすくなったからな」

あたしは、自分をしっかりつかんでるウサギのふさふさした前足を見おろした。「どういう意味？」

イースター・バニーは、あたしをじっと見た。あたしの顔は、恐怖《きょうふ》とにくしみにあふれてたと思う。だって、あたしが感じてたのは、そのふたつだから。恐怖《きょうふ》。そして、にくしみ。

「わがはいのことを、どういうふうに教えられてきた？」イースター・バニーがたずねた。

それはあたしへの質問《しつもん》で、イースター・バニーはあたしのこたえをききたがってた。だから、あたしは真実の妖精《ようせい》じゃないけど、教えられたことを教えられたとおりにいってやったの。

いまさら失うものなんて、なかったから。

「あんたとあんたの軍隊がエルフたちを丘《おか》と穴《あな》の地から追いだしたことは知ってるわ。たくさんのエルフの命をうばったことも。ずっと地面の下で暮《く》らしてきたのに、ある日とつぜん、地上で暮《く》らしたくなったことも。あんたが平和をこわしたことも」

「あんたはだまっててもいいのよ」真実の妖精《ようせい》がささやいた。「あんたはあたしじゃないんだから」

イースター・バニーはあたしを見つめ、あたしをつかんでるウサギを見つめた。あたしたちをあみでつかまえた、眼帯《がんたい》のウサギだ。

「わかったろう、382番？　こいつらがどんなうそを教えられているか、わかっただろう。真実までも土にうずめられている……」

イースター・バニーは、あたしのそばまできた。ひくひくふるえるひげの先は、くるんとまるまってる。なにを考えてるのか、さっぱり読めない。はじめは、怒《おこ》ってるのかと思った。でも、目をのぞきこむと、そこには悲しみしかなかった。ふいにあらわれた、暗い悲しみ。

「その話は**正反対**だ。われわれは地上で暮《く》らしていた。イースターの時期に寒さがやわらいだあとはずっとな。エルフたちとも平和にやってくことを望んでいた。エルフヘルムがエルフヘルムと呼《よ》ばれるようになる前には、われわれもあそこに住んでいた。**エルフのほうが**、われわれを追いだしたのだ。だれもそんなことは教えてくれなかっただろう？　すみかを追

われたのは、われわれのほうだ。われわれは平和を愛する善良《ぜんりょう》な生きものだった。それがほんとうの話だ」

真実の妖精《ようせい》はため息をついた。

「みとめたくないけど、こいつのいってることはどうやら真実よ。うそなら、ピンとくるの。まちがいない。こいつは、うそはついてないわ」

「だけど、もしあんたたちが平和を愛する善良《ぜんりょう》な生きものなら、なんでこんなことするの？　どうして、あたしたちをつかまえたの？　どうして、銀行をおそったの？」

イースター・バニーは、チッと舌打《したう》ちした。「『だった』といっただろう？

われわれは平和を愛する善良《ぜんりょう》な生きものだった。それは過去《かこ》の話だ。なんの得にもならなかったよ。もし、あのまま平和を愛する善良《ぜんりょう》な生きものでいつづけたとしたら、われわれはここにはいない。われわれのだれひとり、生きてここにはいないだろう。ウサギは変わらねばならなかった。むかしのままではいることはできなかったのだ。生きのびたければな」

「善良《ぜんりょう》でいるのは、いいことにまちがいないでしょ?」

「ああ、わがはいもむかしはそう思っていた。しかし、わがはいは、見た。自分の両親がなべで煮《に》られるのを。両親はシチューにされて死んだのだよ! トロルにね! 〝善良《ぜんりょう》〟ということは過大評価《かだいひょうか》されている。しかし、生きていることのほうが大事だ。自由でいることのほうがね……そしていま、自由がふたたびおびやかされている。ファーザー・クリスマスは、この魔法《まほう》の地にどんどん人間を連れてこようとしている。人間がウサギになにをするか、知ってるか? 食うんだよ。トロルがわがはいのパパとママを食っちまったように」

「でも、あたしはウサギなんて食べたことないわ」と、あたしはいった。

「あたしもよ」と、真実の妖精《ようせい》もいった。妖精《ようせい》は、自分をつかんでる兵士の、大きくてたくましいたれ耳をさわりたくてたまらず、その気持ちとたたかってる。「ピクシーはだいたいそうだけど、あたしは卵《たまご》だって食べない完全菜食主義者《しゅぎしゃ》よ」

だけど、あたしたちの声は、イースター・バニーの耳にはほとんど入ってないようだった。どうやら思い出にひたってるらしい。その目は泣いてるみたいだった。なみだを流してたわけじゃないけど、それはウサギだから、しょうがない。イースター・バニーは、つかの間、おだやかで傷《きず》つきやすそうに見えた。ふつうのウサギのように。

「ふたりは、いや、ママは彫刻家《ちょうこくか》だった。チョコレートに彫刻《ちょうこく》をしていた。ほんものの芸《げい》術《じゅつ》家《か》だったんだよ」イースター・バニーはペンダントを目の前にかかげた。ダイヤモンドのようにきらきら光る宝石《ほうせき》で、中になにか入ってる。なにか小さなものが——親指のつめほどもないくらいの。色は茶色。卵《たまご》の形をしてる。

「なんだと思う？」イースター・バニーはあたしたちにたずねた。

「ウサギのふん？」妖精《ようせい》がこたえた。「そう見える。大きめのね」

「ゆるしてあげて。この妖精《ようせい》はうそをつけないの」

「卵《たまご》だ。わがはいのママ……いや、母から最後にもらったものだ。小さなチョコの彫刻《ちょうこく》だよ。母はこれを単に〝エッグ〟と呼《よ》んでいた。母はいっていた。命がいかにせんさいでこわれやすいかを卵《たまご》の形であらわし、命ある日々を楽しまなくてはならないということをチョコレートで表現《ひょうげん》したと。そう、これこそ芸術《げいじゅつ》だ。**チョコレート・エッグ**。それは、命を愛することを教えてくれている。それが、われわれに必要な教えのすべてだよ。わがはいはそれを母からおくられた」イースター・バニーは長い、悲しげなため息をついた。「それからずっと、肌身《はだみ》はなさず持っているのだよ」

「きれいだわ」と、あたしはいった。じっさい、それは美しかった。チョコでできた、完ぺきな卵。

「わがはいは善良《ぜんりょう》だったといったろう?」イースター・バニーはおだやかな声でいった。

「みんな、わがはいを善良《ぜんりょう》だと思っていた。むかしはそうだったんだよ、わがはいも……」

となりにいたヴォドルが、イースター・バニーの背中《せなか》をぽんとたたいた。イースター・バニーはおどろいて、とびあがりそうになった。

「そうとも、おまえさんはいまでも善良《ぜんりょう》だ。だが、ふみつけにされてばかりではいられない。おまえさんも、かがやかなければ。穴《あな》を出て地上へ、そして、みんなをおそれさせ、尊敬《そんけい》を勝ちとるのだ。ふみつぶされる卵《たまご》のように、ウサギ族がひとり残らずうちくだかれるのを望んでいるのでなければな」

イースター・バニーはしゃきっと背《せ》すじをのばした。「きみのいうとおりだ、ファーザー・ヴォドル。そのとおりだ」

「その子がわれらの手にあるおかげで、計画はますます完ぺきになった。その子はエルフへルムにいって、みんなに話すのだ。クリスマス・イブにだれひとり銀行からコインチョコレートをひきだすことができないのは、ファーザー・クリスマスが——やつらの愛する、親切で陽気で、ホッホッホーと笑うファーザー・クリスマスが、じつはどろぼうだからだとな」

「そんなこと、ぜったいいわない。それに、どっちみちだれも信じないわ」

「信じるとも。ファーザー・クリスマスが今月、何回銀行にいったか知っとるか？　おまえがこわしたそりを直す足しにしようと、金を借りにな。それを知らん者がおったとしても、じきに知るようになる。『デイリー・ホント新聞』の今日の夕刊《ゆうかん》にこのことをたっぷりのせたからな。クリスマスの朝刊《ちょうかん》の大見出しも決まっておる。ついてこい」ヴォドルはあたしをつかんでいるウサギをにらんだ。「こいつに見せたいものがある。かまわんだろ、イースター・バニー」

「もちろんだ。わがはいもついていこう」

それで、あたしは真実の妖精《ようせい》からひきはなされ、近くの地下室に連れていかれた。

あたしの中で、怒《いか》りがふつふつ煮《に》えたぎっていた。ウサギ穴《あな》の中に地下の編集室《へんしゅうしつ》があって、あたしの知ってるエルフたちがいるのを見たときも、まだ怒《いか》りはたぎりつづけていた。

「ピリピリ！　こっちにこい。クリスマス特別号の見本を持ってくるんだ」

たる形の体にぶかぶかのチュニックを着たピリピリは、ファーザー・クリスマスの家の玄関《げんかん》前に集まっていたエルフのひとりで、紙を一まい持ってやってきた。クリスマスの朝刊の一面だ。

「どうぞ、ボス」

ヴォドルはその紙を、あたしに見せた。そこには大見出しひとつが、くっきりとした大きな文字で書かれてる。

「銀行強盗《ごうとう》はファーザー・クリスマス」あたしは声に出して読んだ。そしてついに、怒《いか》りがあたしの口からふきこぼれた。

「こんなこと、ゆるさない！」

「おい、ピリピリ、こいつのいうとおりだ。この大見出しはいかん」

ヴォドルの言葉に、ピリピリはすっかり混乱《こんらん》したようすだ。「だめですか？」

「ああ、だめだ。ここは、証言《しょうげん》のかたちにせねばならん。**『〝銀行強盗《ごうとう》はファーザー・クリスマス〟と人間の子は語る』**、とね」

「あたし、そんなことといいません」

「いいや、さっきいったぞ！　それに、またいうことになる」

「まあまあ」イースター・バニーが割《わ》って入った。「われわれを悪いやつだとは思わないでくれ。もっと広い視野《しや》で見てもらいたい。さあ、事を進めようじゃないか。わが兵が何人か、おまえとともに地上に上がる。もちろん、ファーザー・ヴォドルもだ。そして、ファーザー・クリスマスは牢《ろう》に入れられることになる」

「今度は永久《えいきゅう》にな」にやりと笑ったファーザー・ヴォドルの口もとの動きは、ヘビを連想させた。

「あんたたちがうそついてること、みんなにいってやるわ」

でも、ヴォドルはまばたきひとつしなかった。「いや、きさまはそんなことはしない。なぜなら、それをいえば、きさまの小さな妖精《ようせい》の友だちが、まさにまさに死ぬことになるからな」

「完全に死ぬんだ」イースター・バニーが悲しなげ目でいった。「チョコレート・エッグと同じくらい死ぬ」

ヴォドルが少しのあいだ、あたしを見つめた。その体は、ランタンの火とカラフルミミズの光で、ふしぎな色に照らされてる。

「よし、出発だ。クリスマスを阻止《そし》しにいこう」

21 銀行強盗《ごうとう》！

大通りは大混乱《だいこんらん》だった。チョコレート銀行の前にエルフたちが集まり、ソブリンの説明をきいてる。

「どうやら、強盗《ごうとう》が入ったもようです」ソブリンは両手をにぎりあわせ、いかにも銀行員らしいほほえみをうかべてた。「金庫にはチョコレートがまったくありません。つまり、みなさんにおわたしできるお金がぜんぜんないということです」

「でも、今日はクリスマス・イブよ！」

「しかも、給料日だ！」

みんなまだ、あたしたちに気づいてない。あたし、あたしたちというのは、あたしとファーザー・ヴォドルのことよ。イースター・バニーはこのとき、ますますひっそり通りのヴォドルの家で待っていたの。あたしたちはそこから出てきたとこだった。あたしたちが地下の新聞編《へん》

集室《しゅうしつ》から入ったトンネルは、まっすぐヴォドルの家の小さなリビングに通じてた。はしごがあって、それをのぼると、ごくふつうのリビングがあった。つまり、ヴォドルはこの家に入るたびに、じつは地下に新しくつくった広い秘密《ひみつ》の新聞編集室《へんしゅうしつ》にいっていたというわけ。

とにかく、イースター・バニーはヴォドルの家に残り、あたしたちはまだ、そこからそんなにはなれていないところを歩いてた。角を二回ほど曲がって大通りに入ったとこで、騒動《そうどう》の起こってるほうに向かっていた。ヴォドルはホイッスルを持ってる。工房《こうぼう》でつくってるおもちゃの笛。なににつかうかは、もうきかされていた。ヴォドルがそれをするどく一回ふけば、イースター・バニーはただちにウサギ穴《あな》にもどり、かわいそうな真実の妖精《ようせい》を殺す命令をくだすことになってる。

どうやって殺すかはくわしく教えられなかったけど、チョコレートをつかうらしい。熱くとかしたチョコの中にしずめるつもりかもしれない。

ひとつわかってるのは、ヴォドルたちが本気だということ。ホイッスルのひとふきで、妖《よう》精《せい》はピンチにおちいる。

「用意はいいか？」ヴォドルがきいた。

「よくない」あたしは、こたえた。

「そりゃ気の毒にな」それからヴォドルは、声をはりあげた。「いったいなんのさわぎだ？」

エルフたちがいっせいにふりむいた。その中には、パイ先生もいた。

「銀行強盗《ごうとう》があったんだ」

「なんと！」ヴォドルはおどろいてみせた。「いったいだれのしわざかな？」ヴォドルはあたしをふりかえり、何度もうなずきながらいった。「アメリア！　なにかいいたそうだな」

「あたしが？」

「そうだ。はっきり顔に出とるぞ」

「そうかしら……」

エルフたちはみんな、あたしを見てる。その大半は、手に今朝の『デイリー・ホント新聞』を持ってる。あたしは、ノーシュがいるのに気がついた。あたしを見て、けげんそうな顔をしてる。なにかみょうなことが進行してることに、すでに気づいてるようだった。

「アメリア、さっきわしに話したことを、みんなにも教えてやってくれ」ヴォドルはにぎっていた手をひらいて、あたしにホイッスルを見せた。「五秒以内にそうしてくれるとありがたい」

ヴォドルは親指と人差し指でホイッスルをつまみ、ゆっくり口のほうにもっていった。五秒たったら、ホイッスルを鳴らす気よ。五秒たってホイッスルをきいたら、イースター・バニーは真実の妖精《ようせい》がいるトンネルにおりてく。そして、妖精《ようせい》は死ぬ。どうあっても、ヴォドルにホイッスルをふかせるわけにはいかなかった。

「四……三……二……一……」

「わかったわよ！」あたしがさけぶのと、おもちゃのホイッスルがヴォドルのくちびるにふれるのは、ほとんど同時だった。「いうわよ！　あたしは、だれのしわざか知ってます！」

「だれなの？」マザー・ブレールがきいた。

「そうよ。教えてくれなくちゃ」ソブリンがいった。「銀行強盗《ごうとう》はだれ？　知ってることがあるなら、話してちょうだい」

あたしは深呼吸《しんこきゅう》をひとつした。その言葉をいまから自分がいおうとしてることが、自分でも信じられなかった。

「ファーザー・クリスマスです」

はっと息をのむ音が広がった。

ざわめきが大きくなってく。

「そうだと思ってた！」

「このごろ金にこまってたって話だよ」

ノーシュがリトル・ミムと、前のほうにやってきた。信じられないという目であたしを見てる。「ありえない。不可能《ふかのう》だわ。そんなのまっ赤なうそよ」

ノーシュの言葉に、またみんなが息をのんだ。

あたしはヴォドルがくわえてるホイッスルを見つめた。あたしのいってることがほんとうだと、みんなに信じさせなきゃならない。真実の妖精《ようせい》の命が、かかってるんだから。

「ちがうわ。ほんとのことよ、残念だけど」

「でも、そんなの変よ」ノーシュは、なおもいった。「ファーザー・クリスマスはいい人だわ。人生のすべてをささげて、みんなを――エルフも人間も――できるだけ幸せにしようと、がんばってる。そんなことできるはずないわ」

そのとき、あることに気がついた。もし、ファーザー・クリスマスが牢屋《ろうや》に入ることになるなら、ひとりだけ入らせるわけにはいかない。すべて、あたしの責任《せきにん》なんだから。

「あたしもやった。あたしもいっしょにやったの」

あたしは、エルフたちの顔を見た。そこにいるのがファーザー・クリスマスにさほど忠《ちゅう》実《じつ》なエルフたちじゃないのは、あきらかだった。ファーザー・クリスマスにとくに忠実《ちゅうじつ》なエルフたちは、たいていおもちゃ工房《こうぼう》で働いてるから、クリスマス・イブのこの時間に大通りに出てることはない。それでも、かつて親しみをしめしてくれた顔にこれほどの怒《いか》りとにくしみがうかぶのを見ると、おそろしくてたまらず、前の日の夕方にトナカイ通り七番地の家のまわりに集まったエルフたちのことを思いだしてしまった。

「どうしてうそをつくの？」ノーシュがたずねた。「みんな、きいて。ファーザー・クリスマスもアメリアも銀行強盗《ごうとう》なんかじゃないわ」

ヴォドルが口からホイッスルをはずし、ポケットに入れた。「そんな間のぬけたことをいっとるから、あんたの新聞は売れんのだよ。ノーシュ、わからんのか？　ファーザー・クリスマスが自分の給料を上げなかったのは、**自分をよく見せよう**としたからだ。やつは、みんなに愛されたかったのさ。エルフにも、人間にも。世界じゅうから愛されたいのだ。あわれな男さ！　とんだうぬぼれやだ！　うそつきだ！　そして今日からは、**銀行強盗《ごうとう》**だ！」

「あいつを牢《ろう》に入れろ！」だれかがさけんだ。

「牢《ろう》に入れろ！」べつのだれかもいった。

「牢屋《ろうや》に入れろ！　牢屋《ろうや》に入れろ！　牢屋《ろうや》に入れろ！」

「さて」ヴォドルがいった。「ただちに行動を起こさんとな。この状況《じょうきょう》をほうってはおけん。

ファーザー・クリスマスの前にエルフ議会の正式なリーダーをつとめていた身として、この事態《じたい》への対応《たいおう》は、わしが指揮《しき》する。やつは、かんたんには降参《こうさん》せんだろう。やつは、自分に忠実《ちゅうじつ》なまぬけのエルフどもを、クリスマス・イブが終わるまで、おもちゃ工房《こうぼう》でいそがしく働かせておく気だ……**そのエルフどもの金をうばっておいてな！**」

「ファーザー・クリスマスは、みんなのお金をとったりしない」ノーシュがいった。あたしもそういいたかった。けど、できない。それに、ノーシュの声は、まわりのエルフたちの声にのみこまれてしまった。

「きけ」ヴォドルがみんなを静かにさせた。「ファーザー・クリスマスはまさに今夜、人間界にとんでいくときに、逃亡《とうぼう》をくわだてる可能性《かのうせい》が高い。そのとき、諸君《しょくん》の金をぜんぶ持っていく気だ！　残念なことに、エルフの軍隊は、やつが議会の長になった

ときに解散させられておる。しかし、わしはひとつ解決策《かいけつさく》をみつけた」

「なあに？」ソブリンがきいた。

「ウサギだ」そしてヴォドルは、めいっぱい声をはりあげた。「**ウサギ！　ウサギ！　ウサギ！**」

エルフたちはぽかんとして、とまどいながら、ヴォドルを見てる。

「わしらは人間との全面戦争のせとぎわにある……」

「そんなことないわ」ノーシュは反論《はんろん》しようとしたけど、むだだった。

「ウサギたちは、わしらが身を守るために残された、たったひとつの望みだ。エルフ議会緊急時《きんきゅうじ》仮議長《かりぎちょう》の最初の仕事として、わしはエルフヘルムを堕落《だらく》から守り、ずるがしこく身勝手な人間ど

もから守るため、イースター・バニーおよび彼《かれ》のひきいるウサギ軍とあらたに同盟《どうめい》を結ぶことを、ここに宣言《せんげん》する」

「それこそおそろしい話だわ」ノーシュがいった。

でも、事はもう動きだしていた。イースター・バニーがウサギ軍をしたがえ、こっちにやってくるのが見えた。

「うわあああ！」リトル・ミムが泣き声をあげ、ノーシュの手にしがみついた。「ウサギだぁ！」

ウサギたちが到着《とうちゃく》すると、ヴォドルは「アメリアをウサギ穴《あな》に連れていき、つかまえておけ！」と命じた。

「そんなのだめよ！」ノーシュは抗議《こうぎ》した。

「あとひとことでもいってみろ。あんたもリトル・ミムもいっしょにいってもらうぞ」

ノーシュはおびえるリトル・ミムをぎゅっと抱《だ》きよせ、ウサギの兵士に両わきをかかえられ、ひきずられていくあたしを見おくりながら、あたしのためになみだを流してくれた。

うしろでヴォドルの声がきこえた。「エルフ諸君《しょくん》、心配はいらん。イースター・バニーとわしは諸君《しょくん》を救《すく》いにきたのだ。わしらとウサギ軍でいまからおもちゃ工房《こうぼう》へいって、ファーザー・クリスマスにさばきをくだそう」

きたときとは反対に、ますますひっそり通りに向かい、地下のウサギ穴《あな》に向かって、エルフヘルムの村をひっぱられていくあいだ、あたしはずっと、ファーザー・クリスマスはいま、どうしてるだろうと考えてた。

おもちゃ工房《こうぼう》では底なしぶくろが広げられ、エルフたちがみんな列にならんで、自分のつくったおもちゃをその中に入れてるころだ。ファーザー・クリスマスは幸せにひたってるはず。ファーザー・クリスマスが一年でいちばん好きな日だもの。きっと、歌をうたってるだろう。工房《こうぼう》のみんなと声を合わせて。だけどそこに――そろそろだ――ノックの音がひびく。そして、ウサギ

の兵士たちが工房《こうぼう》に入っていくの。

暗いウサギ穴《あな》に連れもどされたころ、あたしの頭には自分のことなんかこれっぽっちもなかった。イースター・バニーと対面したファーザー・クリスマスの顔からほほえみが消えてく場面だけが、ずっと、ずっとうかんでた。そして、ファーザー・クリスマスはやつらにつかまり、あたしがいま向かってる地下の牢獄《ろうごく》にひきずっていかれるんだ。そう考えると、罪悪感《ざいあくかん》で泣きだしたい気持ちになった。でも、あたしは泣かなかった。泣いたって、クリスマスを救《すく》うことはできないから。

22 ウサギ小屋

牢《ろう》は、ウサギ穴《あな》の中にあった。そこにはカラフルミミズはいなくて、ちらちら燃《も》えるランタンの明かりだけがあたりを照らしてる。ちょうど人間がひとり入れるくらいのケージが四つ——ウサギたちはそれを「ウサギ小屋」と呼《よ》んでた——置かれてて、あたしはそのひとつに入れられた。ファーザー・クリスマスもべつのウサギ小屋に入れられてる。真実の妖精《ようせい》もね。ウサギ小屋の格子《こうし》の目は、妖精《ようせい》でもくぐれないほど小さい。はしっこのケージだけはからだったけど、すぐにそこもうまった。ヴォドルの命令で、二匹《ひき》のウサギがメアリーを連れてきて、そこにおしこめたから。

「いったいどうなってんだい?」メアリーは、なにがなんだかわからないようすだった。

ファーザー・クリスマスが説明した。「わたしが銀行強盗《ごうとう》をはたらいたと思われてるんだ。きみもアメリアも共犯《きょうはん》をうたがわれてる」

「あたしのせいなの」あたしがいうと、真実の妖精《ようせい》が「そう、完全にこの子のせいよ」といった。
ファーザー・クリスマスは格子《こうし》のすきまから手をのばして、メアリーの手をにぎろうとした。「メアリー、ほんとにすまない。だが、これは――」
「ううん」あたしは、その言葉をさえぎった。牢《ろう》の前には見張《みは》りの兵が三匹《びき》いて、一本のニンジンをみんなでかじってる。「真実の妖精《ようせい》のいうとおりよ。ぜんぶあたしが悪いの。クリスマスをだいなしにしちゃって、ごめんなさい」
このとき、あたしたちの中で真実の

妖精《ようせい》だけは落ちついてた。「むかしを思いださない、ファーザー・クリスマス？　ヴォドルがあたしたちをとじこめたときのこと。運命を感じない？　あたしたち、いっしょになる運命だったのよ」妖精《ようせい》は、にらみつけるメアリーを見つめかえして、「ごめんなさいね、ぼこぼこさん」とあやまった。

「あたしの名前はメアリーだよ」

メアリーが文句《もんく》をいうと、妖精《ようせい》は肩《かた》をすくめた。「そうじゃないとは、いってないわ」

「それより、ここから出ることを考えないと！」ファーザー・クリスマスがいった。「今日はクリスマス・イブだ！　世界じゅうの子どもたちがわたしを待ってる」

妖精《ようせい》はため息をついた。「クリスマスのことは、すっぱりあきらめたほうがいいかもよ。クリスマスのおかげで、あんたは必要もないトラブルに、つぎつぎみまわれてるじゃない」

ファーザー・クリスマスは妖精《ようせい》を無視《むし》して、ウサギ兵の一匹《ぴき》に話しかけた。ジャケットに「555」とぬいとりのあるウサギに。

「**モフモフの友**よ、きいてくれないか。ほんとにすまないんだが、わたしたちはいますぐここから出る必要があるんだ。今夜、しなければならない仕事が山ほどあってね。きみたちが命令にしたがわねばならないのはわかっているが、今日はクリスマスだ。一年のうちでも特

別なときだ。物事をひっくりかえし、常識《じょうしき》をくつがえして、起こるはずのないことを起こす日だ。**善良《ぜんりょう》なおこないをする日だ**」

555番は、知らんぷりでニンジンをかじってる。

「あたしたち、どうなるの？」

あたしの質問《しつもん》に、真実の妖精《ようせい》は肩《かた》をすくめた。「ひどいめにあう。たぶんね」

「魔法《まほう》は？」ウサギたちがきいていそうにないときを見はからって、あたしは小声でファーザー・クリスマスにたずねた。「ドリムウィックよ。世界じゅうの空をとんだり、時間を止めたりできるんなら、地下のウサギ小屋からみんなをにがすくらい、かんたんでしょ？」

「わたしもぜひそう考えたいところだが……アメリア、きみはひとつ忘《わす》れてるよ。魔法《まほう》は、希望がなければ働かない。だがいま、どれだけ希望がある？　あたりに希望がまったく感じられない。この地下にいてはね。それに、エルフたちの中にも希望はない。おもちゃ工房《こうぼう》のエルフにも、わたしに背《せ》を向けた者がいる。わたしを銀行強盗《ごうとう》だと思ってるんだ」

「そんなこと、思っちゃいませんよ、あなた」メアリーはいとおしげにファーザー・クリスマスの顔をのぞきこんだ。「トポがみんなに真実を話してくれます。ほら、あたしたちも希望をもたなきゃ」

だけど、真実の妖精《ようせい》は首を横にふった。「ファーザー・トポは真実がどうかなんて知らないわ」

「でも、トポはファーザー・クリスマスが無実だと知ってるわ。ノーシュだって」

「アメリア、それだけじゃだめよ。エルフは、あたしたちピクシーとはちがうの。自分の頭で考えるってことをしない。新聞に書いてあることをうのみにしちゃうやつが多いのよ」

このときのようなファーザー・クリスマスは、見たことがなかった。ふたつの目から、きらめきが消えてる。笑顔《えがお》のかけらもない。いつもは赤いほっぺたも色をうしない、口からは大きなため息がもれた。「ファーザー・ヴォドルは何年も前からこの日を待ちのぞんでた。そして、ついにその日がきたんだ。エルフたちにとっては、悲劇《ひげき》だよ。みんな、むかしのようにおびえ、みじめな暮《く》らしを送り、親切心を忘《わす》れてしまう。それは、人間にとっても悲劇《ひげき》だ。世界じゅうの何百万というくつ下がからっぽのままになるということだからね。ヴォドルにとっても悲劇《ひげき》かもしれん。やつは、そのことにまだ気づいてないようだが。そしていま、わたしたちにできることはなにもない。この牢《ろう》をなんとか出られたとしても、ウサギの軍隊がわたしたちの前に立ちはだかるだろう。『デイリー・ホント新聞』を信じることを選んだエルフたちもね。クリスマスを救《すく》うことはもう……」

いってはだめというように、メアリーが首をふり、そっと鼻をすすった。

だけど、いってしまった。ファーザー・クリスマスが、いったの。まさかその口からきくことになるとは思いもしなかった、あの言葉を。

「……もう不可能《ふかのう》だ」

23 チョコレートの刑《けい》

　そのときだった――トンネルを近づいてくる話し声がきこえたのは。見張《みは》りのウサギたちは、ニンジンをかじるのをやめて気をつけの姿勢《しせい》をとり、イースター・バニーとヴォドルが入ってくると、敬礼《けいれい》をした。

　イースター・バニーはファーザー・クリスマスが入っているケージの前にきた。鼻とひげをひくひくさせてる。黒いひとみは、ランタンの火をうつして、金色にきらめいてた。

「なるほどなるほど、これがかの有名なファーザー・クリスマスどのか！　世界的有名人！　世界一の人気者だ。だが、おまえはここにいる。クリスマス・イブに。ウサギ小屋の中にね。それも、地面の下の。思うに、明日には、おまえの人気はそれほどでもなくなるだろう。わくわくしてねむりについた子どもたちがみんな、朝になり、早ばやと目をさまして、だらんとたれたくつ下を広げてみると、中にはなにもない。そう、**なにも入っていない**のだ。おまえの人気は史上最低になるかもしれんな」

「なぜこんなことをする？　わたしがきみになにかしたことがあったか？　これまで、きみのことなど、考えたこともないんだぞ？」

イースター・バニーは、ほっぺたをはたかれたみたいに、きゅっと目をつぶった。

「わがはいのことなど**考えたこともない**だと？　ああ、ないだろう。これがクリスマスのごうまんさだよ。人間のごうまんだ。教えてやろう。おまえがわれわれのことを考えないのは、われわれがイースター・バニーと同じようなものだからだ。その単純《たんじゅん》なのうみそに、われわれのことは複雑《ふくざつ》すぎてわかるまい。おまえが好きなのは、おもちゃや、きらきら光るツリーのかざりや、むかつく歌だ。しかし、われわれはウサギだ。ウサギが大事に思うのは、生命の複雑《ふくざつ》さだ。芸術《げいじゅつ》だ。われわれはそのために戦う。しかし、おまえにはわれわれを理解《りかい》できない。だから、われわれのことを考えようともしない。だれもがずっと、考えないようにしてきたのだ。ウサギを地下におしこめておこうとした。視界《しかい》から消しさり、頭の中からさえも消しさろうと」

ヴォドルが前に出た。「そしていまこそ、人間が地下にもぐるときだ。そして、視界《しかい》からも、頭の中からも、消しさられる」

ヴォドルは、猫《ねこ》をなでるように自分のあごひげをなでた。あたしの頭に、スートのことがうかんだ。スートはまだ家の中にいるのかしら？　ぶじでいてくれればいいけど。スートといっしょにいてあげたい。

「いま――」ヴォドルはつづけた。「まさにこの瞬間《しゅんかん》――クリスマス・イブの〝ほんとにもうかなりおそい〟という時間に、おもちゃ工房《こうぼう》にはひとりのエルフもいない。みんな帰るようにいわれたのだ。エルフたちはいま、村の大集会所に集まっとる。そこでウサギ軍の上《じょう》層部《そうぶ》数名とウサギのジャーナリスト数名による状況《じょうきょう》説明が、おこなわれておる」

「状況《じょうきょう》説明？」メアリーがどなった。「そりゃ、うそをつくってことかい？」

ヴォドルはそれを無視《むし》した。

「さて、状況《じょうきょう》説明といえば、きさまらの置かれとる状況《じょうきょう》についても、ちょっと説明してやらにゃいかんな。そうだろう、イースター・バニー？」

だけど、イースター・バニーは心ここにあらずというふうで、ヴォドルの声もとどいていないみたいだった。自分のうすよごれた赤い軍服と、ファーザー・クリスマスのしみひとつないあざやかな赤い上着を、じっと見くらべてる。

「そっちがほんとの赤だ」イースター・バニーは、ぼそっといった。

「よかろう。では、わしが説明してやる。きさまらはいま、地下の深ーい、深ーいところにいる。このウサギ穴《あな》でいちばん深いあたりだ。あそこにあるトンネルが見えるか？」

ヴォドルはこの部屋に通じている三つのトンネルのうちのひとつを指さした。

「見えるわ」真実の妖精《ようせい》がこたえると、ヴォドルはさっとうなずいた。

「あれは、じつをいえば、トンネルというよりは、上から下に物を落とすためのシュートに近い。きさまらも見ただろうが、チョコレートはタンクに入りきらないほどある。とけたチョコをしまっておく場所がべつに必要だ。かくしておくた

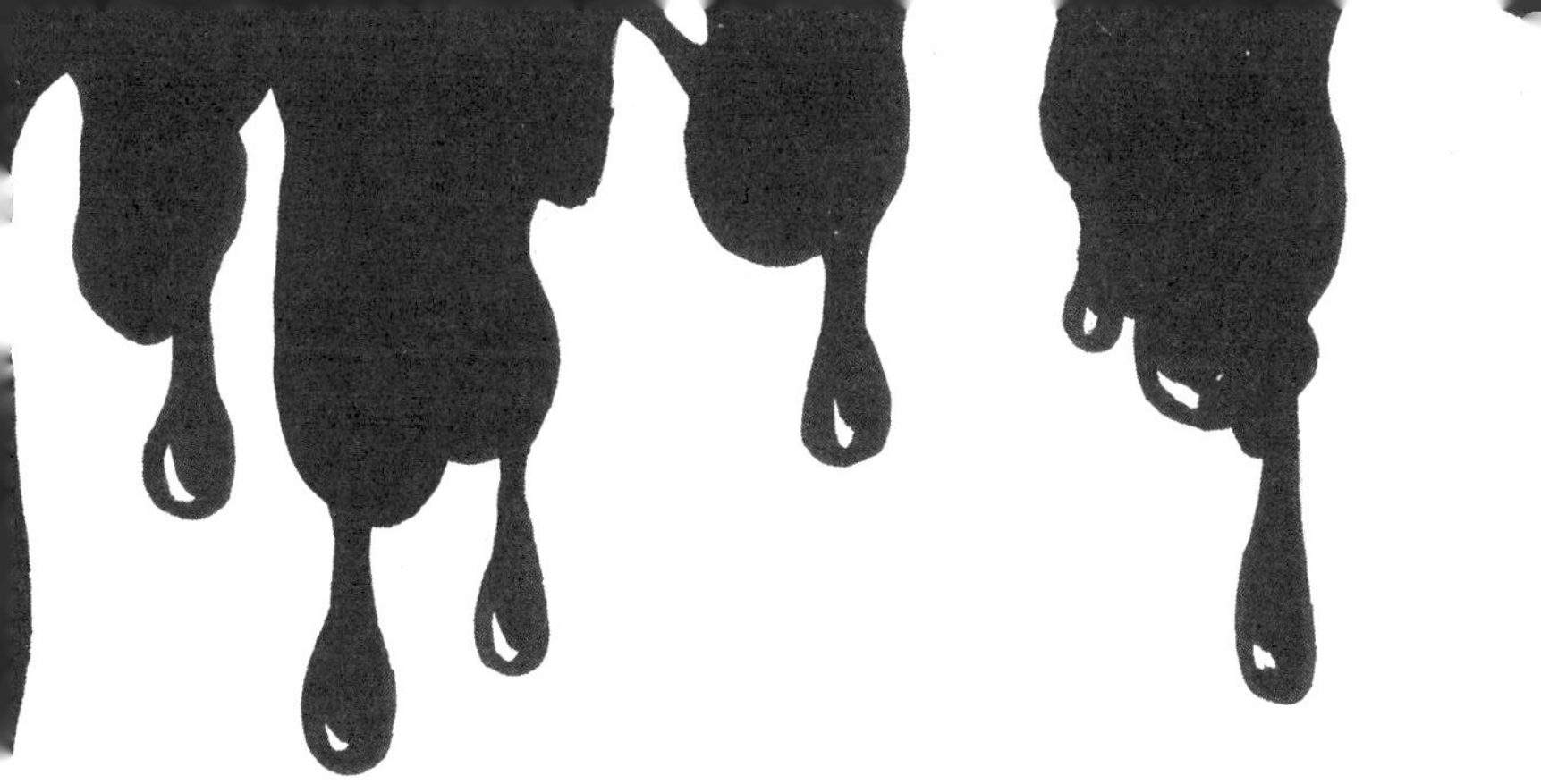

めにな。この場所は、かくし場所にはおあつらえむきだ。かくれがの中でも最もかくれた場所だからな。だから、とうぶんのあいだ、ここをチョコレート倉庫にしようと思う。広さもちょうどいい。これから、あのシュートに向かってタンクをかたむける。ここがいっぱいになるまで、長くはかからんだろうて。最高にうまいチョコレートがどんどん流れこんできて、きさまらはじきに頭からつまさきまでチョコにおおわれる。やがて、チョコはかちかちにかたまる。それまでには、きさまらの命もつきとるだろう。そのことに気づく者はおらん。想像してみろ。きさまらの骨《ほね》は永久《えいきゅう》に、チョコのかたまりの中にほうむられるのだ」

「すばらしい考えだろう?」イースター・バニーがいった。「チョコレートの刑《けい》だ」

24 不可能《ふかのう》なこと

イースター・バニーとヴォドルは、あたしたちを置いて出ていった。

部屋はあたしたちだけになり、とけたチョコレートが流れおちてくる音を待つばかりになった。

「みんな、たぶん死ぬのよ」真実の妖精《ようせい》がいった。

「そんなの、わかんないでしょ。未来のことは、なにが真実か知らないでしょ」あたしはいいかえした。

「だから、**たぶん**っていったじゃない。統計的《とうけいてき》に見て、とてもとてもその可能性《かのうせい》は高いわ。これはピクシーの算数よ。エルフの算数よりずっと理にかなってる」

あたしからいちばんはなれたケージにいたメアリーが、とつぜんはっと顔を上げた。「なにかきこえるよ！」

「きっとチョコレートだ」ファーザー・クリスマスがため息をついた。

あたしにもきこえた。でも、それは猫《ねこ》の声だった。

「キャプテン・スート！」あたしがさけぶのと同時に、スートがチョコレートが流れてくるはずのシュートとはべつのトンネルから、とことこやってきた。

「まあ、かわいそうなお馬ちゃん」真実の妖精《ようせい》がいった。

ファーザー・クリスマスがケージの格子《こうし》をガタガタゆすった。「ここにいたら、あの猫《ねこ》もあぶないぞ！」

「シッ、シッ！」あたしは、スートを追いはらおうとした。「ここから出ないとだめよ。おうちにいなさいっていったでしょ。おうちにもどって。ここにいたら、あんたもチョコレートにおぼれちゃうわ」

「シッシッ！」みんなが、口々にいいつづけた。「シッシッ！」

だけど、スートはどこにもいこうとしない。あたしは、せっぱつまった気持ちになった。

「しかたないわ。だったら、どうにかしてみんなでここから出る方法を考えないと」

なのに、ファーザー・クリスマスはまたさっきの言葉を口にしたの。「しかし、それは**不《ふ》可能《かのう》だ**」

そんなの、ききたくなかった。どうしてそれがののしり言葉なのか、はじめてわかった気がした。「ちがう。そんなことないわ」

スートはあたしのケージの前にいた。格子《こうし》に頭をこすりつけてる。あきれちゃうけど、のどまでゴロゴロ鳴らしてた。自分にどんな危険《きけん》がせまってるか、ぜんぜんわかってない。

ランタンの光にやわらかく照らされたファーザー・クリスマスの顔は、あたしを見つめていた。「アメリア、きみのいったとおりだ。世の中には不可能《ふかのう》なこともある」

「不可能《ふかのう》なんかじゃない。お願いだから、いってよ。不可能《ふかのう》ってのは、あたしたちがまだ理《り》解《かい》できてないだけで、ほんとは可能《かのう》なことなんだって」

「アメリアのいうとおりですよ」メアリーもいった。「忘《わす》れちまったんですか？　あたしたちはあの救貧院《きゅうひんいん》にとらわれたまま、一生出られないと思ってたんですよ？」

「そしていまは、地面の下でケージの中にとらわれてるってわけね」妖精《ようせい》は、ぜんぜん役にたたないことをいってくれた。「そして、絶体絶命《ぜったいぜつめい》の危機《きき》にみまわれてる。たいした進歩は

ないわね」だけどそのとき、妖精《ようせい》はあることを思い出した。「ねえ、ファーザー・クリスマス。あんた、最初にくぐったえんとつのこと、おぼえてる？　塔《とう》の牢屋《ろうや》の天井《てんじょう》にあいてた、あのちっぽけな穴《あな》のことよ。あんたの体は、あの穴《あな》の十倍も大きかったわ。だけど、やったじゃない。あそこからにげだした。あたし、いままで生きてて、あれよりすごいものは見たことないわ」

ファーザー・クリスマスは、ちょっと自慢《じまん》げにほほえんだ。「あれより小さなえんとつだって、くぐったことがある。えんとつとも呼《よ》べないようなやつもね。それよりもっと不可能《ふかのう》と思えるやつだって」

「だったら、できるでしょ」あたしはいった。「あたしたちをここから出せるでしょ」

「**希望の力**があればな。だが、あたりの空気に希望は感じられない」

「今日はクリスマス・イブよ！　**世界じゅう**が希望に満ちあふれてるわ」

ファーザー・クリスマスは、目をとじた。「ここでは感じられない。地下だし、深すぎるんだ。どっちみち、エルフヘルムに希望などいっさいありはしないだろうしね。それに、オーロラからもはなれすぎている」

「でも、あたしたちのがある。**あたしたち**が希望をもたないと。あたしたちみんなが希望を

もてば、チョコレートにのみこまれる前に、ここから脱出《だっしゅつ》できるかも」

ファーザー・クリスマスは、考えこんだ。「なにか不可能《ふかのう》なこと――ありえないことが起こる必要がある。それが希望を生むいちばんの早道だ。不可能《ふかのう》を可能《かのう》だと確信《かくしん》することがね。不可能《ふかのう》を可能《かのう》だと信じるには、それを自分の目で見ることが、ときには必要なんだ」

あたしは目をとじた。母さんのことを考えた。母さんが死んだあと、あたしの人生にはもう二度とうれしいことや楽しいことは起こらないと思ってた。でも、ちがった。エルフヘルムでの生活は完ぺきではなかったけど、思いかえしてみると、楽しいことだって、いっぱいあった。スケート。トランポリン。おいしいベリーパイも食べた。放課後には、トゥインクルとエルフ・テニスをして遊んだ。学校はつらかったけど、学校にいくのがしんどいと感じる人はいっぱいいる。それに、ファーザー・クリスマスとメアリーとキャプテン・スートといっしょに暮《く》らすのは、楽しかった。楽しい気持ちになるなんて不可能《ふかのう》だと思ってたころもあったのに。

あたしはファーザー・クリスマスにいった。「あなたはあたしを救《すく》ってくれた。あたし、あなたを信じてます」

「あたしのことも救《すく》ってくだすったわ」メアリーはそういいながら、自分のケージのとびらを真剣《しんけん》な顔で見つめてる。

真実の妖精《ようせい》もなにか前向きなことをいおうとがんばった。「あたし、自分のまくらをあんたのおなかだと想像《そうぞう》してるの。その上に頭をのっけて、あんたのこと考えるのよ」

これには、ファーザー・クリスマスも笑いだした。けど、その笑い声が消えたとき、あたしたちの耳にそれがきこえてきた。なにかが流れるような、ザーッというかすかな音。それが意味するものはひとつしかなかった。チョコレートがトンネルを流れ、ものすごいスピードでこっちに向かってるということ。においもする。すごくすてきで、だけどいまはものすごくおそろしく思える、まじりけのない最高においしいチョコレートの香《かお》り。

「きたわ」妖精《ようせい》がいった。

「そんな」と、あたしはいったと思う。

「ニャオ」といったのは、スート。

「もっと希望を」といったのは、ファーザー・クリスマス。

メアリーはなにもいわなかった。なにかに、すごく、すごーく、集中してるみたいだった。

それからは、あっという間。チョコレートがどっと流れこんできて、一秒でもう、くるぶしの高さまできていた。スートのおなかの高さまで。

「スート！」あたしは手をパンパン鳴らし、必死に呼《よ》びかけた。「早くここから出て！　あたしたちのことはいいから！」

パン、パン、パンッ！

チョコレートの池はどんどん、どんどん、かさを増《ま》していく。スートはその中を泳いでる。チョコレートはあたしのひざの高さに、そして腰《こし》の高さにきた。

「みんな、飲むんだ！　とにかく、できるだけ飲め！」ファーザー・クリスマスがいった。まだドリムウィックをつかえるような魔法《まほう》の力はわいてこないらしい。いまこそ、どうしてもドリムウィックが必要なのに。

あたしたちは、必死に飲みはじめた。スート以外は。スートは猫《ねこ》だから、ほんのちょっとチョコを食べただけでも死ぬかもしれない。それを、ちゃんと知ってたのね。だけど、あたしたちだけで銀行の持ってたチョコレートぜんぶをいますぐおなかにおさめるなんて、むりな話。なにしろ、量が多すぎる。それにもう、チョコレートはあたしの首のとこまできてたの。妖精《ようせい》はというと、平泳ぎのようなかっこうで、くるくる小さな円をえがいて、無我夢《むがむ》中《ちゅう》で泳いでる。あたしの足が床《ゆか》をはなれ、うきあがった。ファーザー・クリスマスはまだがぶがぶチョコレートを飲んでる。だけど、メアリーは身じろぎもせず、目をつぶって、じ

っとしてた。チョコレートはもう、あごのとこまできてるというのに。

そして、目の前がまっ暗になった。正真正銘のまっ暗闇《くらやみ》。ランタンの火が消えてしまったの。

手を上げると、ウサギ小屋の天井《てんじょう》にふれた。その天井《てんじょう》がどんどん、どんどんせまってくる。

終わりだ。

「みんな死ぬわ」真実の妖精《ようせい》がいった。あたしも、その言葉を正しいと思った。

ここまできたら、にげだすなんて不《ふ》可能《かのう》だ。

じっさい、口に出してそういった。

というか、いおうとしかけた。

「希望はないわ。もう不可《ふか》――」

その瞬間《しゅんかん》に、なにかが起こった。あの言葉のふたつめと三つめの文字のあいだの一瞬《いっしゅん》に、
すべてが変わった。

さっきまで、あたしは地下深くで、とけたチョコレートにおぼれそうになってた。なのにとつぜん、凍《こご》えそうな寒さの、外の道の上にころがってた。全身チョコレートまみれで。道ばたの標識《ひょうしき》には、こう書いてあった。「ますますひっそり通り」

自分がどこにいるか、わかった。小さな窓《まど》と黒いドアのある、そまつな木づくりの家の前。ヴォドルの家の前だった。スートもいる。やっぱりチョコレートまみれで、足を順番にぶるぶるふって、チョコをはらいおとそうとしてる。チョコまみれがもうひとり見えた。真実の妖精《ようせい》だ。上半身を起こし、頭をかいてる。

「おかしいわね」妖精《ようせい》がつぶやいた。

そのとき、ドアがいきおいよくひらいて、あたしの目にメアリーのすがたがとびこんできた。顔はまっ赤。息を切らし、歯を食いしばってはなにかを――そう、**なにか**を運んでる。

それは、ファーザー・クリスマスだった。メアリーは、ファーザー・クリスマスをあたしの

そばの草の上におろした。

ファーザー・クリスマスは、にこーっとチョコレート風味の笑顔《えがお》を見せた。

「どうなってるんだ、メアリー？」

「ついにできたんですよ。やっと魔法《まほう》をつかえるようになりました」

「あのケージをぬけたのかい？　時間も止めた？」

「ええ、あたし、やりました。そう、可能《かのう》にしたんですよ……不可能《ふかのう》を」

ファーザー・クリスマスの顔が、かがやいた。「ドリムウィックの教室に通った成果がついに出たのか！　きみが、わたしたちみんなを救《すく》ってくれたんだね！」

「あたしまで……」真実の妖精《ようせい》がいった。「ありがとう、ぼこぼこ――じゃなくて、メアリー」

「ええ、どうやらあんたも、あたしがたすけてやったみたいだね」メアリーはクックッと笑って、顔のチョコレートをふいた。

ファーザー・クリスマスは立ちあがり、メアリーと抱《だ》きあった。それから、メアリーにチョコレート風味のキスをした。

「気色悪い」真実の妖精《ようせい》がうめいた。「ほんと、はきそうだわ」

あたしも立ちあがった。あたりは暗くなりかけてる。そこで、ふと気がついた。まだ終わりじゃない。あたしたちは、犯罪者《はんざいしゃ》だと思われたままなの。ヴォドルが、イースター・バニーが、ウサギの軍隊が、そして怒《いか》りに燃《も》えるたくさんのエルフたちが、あたしたちを敵《てき》だと思ってる。あたしたちは自分の命を、自由を、そしてクリスマスを救《すく》わなきゃならない。

ファーザー・クリスマスもいった。

「急いでおもちゃ工房《こうぼう》へ向かおう！　さあ、いくぞ！」

あたしたちは走りだした。あたしたちの通ったあとには、たくさんの茶色い足あとが残った。

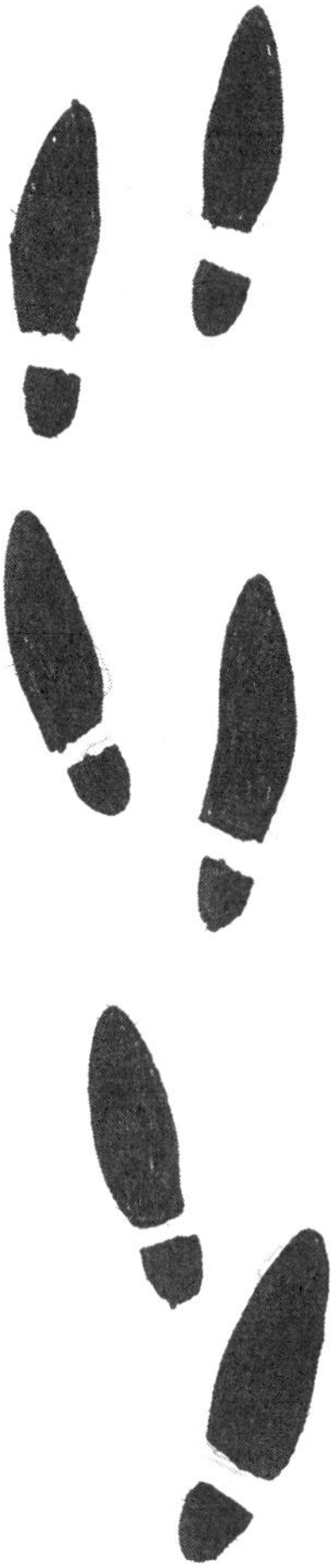

25 ハンドラムをみつける

「こんなことがあっていいのか」

ファーザー・クリスマスは、からっぽのおもちゃ工房《こうぼう》と、そこにうちすてられたおもちゃを見まわした。

「クリスマス・イブだぞ。なのに、ひとりのエルフもいない」

「こ、ここに、ひとりいます」どこからか声がした。

ファーザー・クリスマスには、すぐに声の主がわかった。

「ハンドラムか？　どこにいる？」

テーブルの下からエルフがひとり、びくびくしながら、はいだした。「ここです、ファーザー・クリスマス」

「いったいなにがあった？」

「あなたが連れていかれたあともここに残ったウサギたちがいて、わたしたちにいったんです。あなたが銀行強盗《ごうとう》をはたらいたって。わたしには、うそだってわかりましたけどね。工房《こうぼう》のエルフたちはみんな、うそだって、わかってましたよ。だけど、ウサギたちにここを出るようにいわれたんです。やつらは、みんなを村の大集会所に連れていきました。したがうしかなかったんです」

「だが、きみはここにいる」

「かくれてました」

「そりゃ、じつに勇気ある行動でしたねえ、ハンドラムさん」メアリーがい

った。

「ほんと、勇気があるわ」あたしもいい、スートもそうだというように「ニャオ」と鳴いた。

「ここから出たほうがいい。みなさん全員ですよ。やつらがもどってきます」

「それはいい考えだわ」

真実の妖精《ようせい》は熱をこめてそういうと、あとずさりして、工房《こうぼう》を出た。

「とにかく、今日はほんとに楽しかった。だけどあたし、死にかかったのよ――それも二度も。あたし、三度めはかんべんしてほしい。だから、あんたたちさえよければ、あたしは森《もり》木立《こだち》の丘《おか》のつつましい小さなわが家に帰って、おふろに入りたい。このチョコレートをぜんぶ、洗《あら》いながしたいの。マールタもさびしがってると思うし」

「だめよ」

あたしはいった。

「いかないで。まだ、いっちゃだめ」

妖精《ようせい》は目を見ひらいた。「帰ったっていいでしょ?」

「あなたが必要なの」

「でも、あたし**ほんとに**おふろに入らないといけないし、それに――」

ファーザー・クリスマスにも、あたしの考えてることがわかったらしい。

「アメリアのいうとおりだよ、真実の妖精《ようせい》さん。わたしたちには、どうしてもきみが必要なんだ。もうひとつだけ、たのみをきいてくれないかな？」

26 侵入者《しんにゅうしゃ》

ファーザー・クリスマスは、あたしたちをしたがえて村の大集会所にいき、とびらを大きくあけはなった。いっせいにふりむいたエルフたちは、目をまるくし、おどろいて言葉をうしなった。

ヴォドルは、舞台《ぶたい》の上でイースター・バニーのとなりに立って、演説《えんぜつ》してる。

「――であるからして、わしらはウサギ族と手を組んで、エルフヘルムに法と秩序《ちつじょ》をとりもどし、ファーザー・クリスマスをはじめとする人間どもに二度とだまされることがないようにしようじゃないか。いまからわしらは、真実と――」

大集会所の壁《かべ》ぞいに立ってるウサギの兵士たちも、あたしたちのほうを見てた。あたしは、見おぼえのある一匹《ぴき》のメスウサギと目が合った。

「侵入者《しんにゅうしゃ》だ！」　３８２番が金切《かなき》り声《ごえ》をあげた。

舞台《ぶたい》に向かって歩いてくあたしたちのチョコまみれの服を見たヴォドルは、必死の形相《ぎょうそう》になった。

「やつらを見ろ！　銀行からうばったチョコを体じゅうにつけておるぞ。これこそ、動かぬ証拠《しょうこ》だ。やつらが犯人《はんにん》だ。みんな、自分の目で真実をたしかめるがいい」

「真実か」ファーザー・クリスマスが冷ややかにいった。「興味深《きょうみぶか》い言葉だ。この言葉は、いろいろと便利につかえる。だが、**真実は、つねに真実だ**。さいわい、わたしたちは真実の妖精《ようせい》を連れている。みんなも知ってのとおり、真実の妖精《ようせい》はほんとうのことしかいわない。さあ、妖精《ようせい》さん、みんなに話してやってくれ。銀行強盗《ごうとう》の黒幕《くろまく》はだれだ？」

「ちょっと待って」と、真実の妖精《ようせい》はいった。なにしろ、エルフとウサギたち全員が妖精《ようせい》を見つめ、こたえを待ちかまえてるんだから。「こういうの、苦手だわ」

「たのむ。みんなに真実を話してくれ」

ヴォドルは、足音あらく舞台《ぶたい》の前のほうへやってきて、魔法《まほう》の力をふりしぼり、悪いドリムウィックで妖精《ようせい》をだまらせようとした。だけど、エルフならみんな知ってるけど、真実の妖精《ようせい》が真実を話すのをやめさせる魔法《まほう》なんて、この世にはない。

「銀行をおそったのは、ファーザー・ヴォドルとウサギたちよ」

妖精《ようせい》の口から言葉が勝手にとびだした。

「人間たちは無実だわ。ファーザー・ヴォドルとイースター・バニーは、とにかく人間を追いだしたかったのよ。そのせいで、あたしたち、チョコレートまみれになったの。あいつらが、チョコレートにおぼれさせようとしたから。あいつらがエルフヘルムの地下につくったウサギ穴《あな》の中でね」

その場の全員が息をのんだ。

「ほんとよ」エルフたちの中から声がした。見ると、そこにはノーシュが立ってた。「あたし、銀行にいって調べたの。金庫の床《ゆか》に穴《あな》があいていて、地下のウサギ穴《あな》に通じてたわ。そこにはいっぱいチョコレートがあった」

「ファ、ファーザー・ヴォドルは、わたしたちにうそをいってる」あたしの横にいたハンドラムさんも奥さんのノーシュに加勢《かせい》した。「やつはわたしたちに、うそばかりついてるんだ」

「もう帰っていい？」妖精《ようせい》がきいた。

ファーザー・クリスマスは首を横にふった。

「まだ、だめだ。もうひとつ質問《しつもん》がある。アメリアはわざとそりを墜落《ついらく》させたのかな？　ファーザー・ヴォドルが『デイリー・ホント新聞』に書いてたように、だれかを傷《きず》つけるためにやったのか？」

「あのことがあったちょうどその日に、アメリアに会ったわ。それで、なにがあったか、ぜんぶきいたの。あたしは、うそはつけないけど、うそを見ぬくことにかけては、だれよりするどいのよ。そのあたしが断言《だんげん》するんだけど、あれはただの事故《じこ》。アメリアはほんとにいい子よ――ちょっとうっとうしいし、やたらあたしをトラブルにまきこむけど――エルフを傷《きず》つけようだなんて、アメリアは考えたこともないわ」

「し、知ってるわ！」マザー・ブレールも声をあげた。「その子は、いい子よ！」

「おれだって、ずっとそういってたじゃないか！」レター・キャッチャーのピピンがいった。

どのポケットも、最後にとどいた手紙のたばで、ぱんぱんにふくらんでる。

「ぼく、人間だーい好き！」リトル・ミムの声もした。

大集会所は大さわぎだ。

ウサギの兵士たちは命令を待ってたけど、イースター・バニーはヴォドルの横で、言葉もなく立ちつくしてた。

「**静かに！**」ヴォドルがどなった。「**だまるんだ！** 銀行強盗《ごうとう》がだれだろうと、関係ない。人間は、わしらみんなにとって危険《きけん》な存在《そんざい》なんだ」

そしてヴォドルはあたしたちを指さし、「やつらをつかまえろ！」と、ウサギの軍隊に命令した。

でも、兵士たちは動かない。

「あたしは知ってるわ。イースター・バニーは悪いやつよ」マザー・ミロがいった。

「やつは、むかしからそうでした！」コロンブス先生もいった。

あたしは、イースター・バニーのほうを向いた。その顔は、とまどってるように見える。イースター・バニーの中にまだ善《ぜん》良《りょう》な心が残ってて、それが表に出てこようとしてるんだけど、どうしたらいいかわからないでいるみたいに。あたしは、ファーザー・クリスマスがいってたことを思いだした。

相手がもつ善良《ぜんりょう》な心に目を向ければ、その心がかがやきをはなち、自分を照らしてくれるのがわかるだろう。

「ちがうわ！」あたしは、エルフたちにいった。「イースター・バニーは悪いやつじゃない」

「アメリア、なにをいいだすんだい！」メ

アリーが笑った。「あいつとヴォドルは、ついさっきあたしたちを殺そうとしたじゃないか」

「ええ。だけど、イースター・バニーは、はじめからそんなふうだったわけじゃないわ。ウサギたちは、善良《ぜんりょう》な生きものだったの。エルフと戦争する前は、平和を愛する種族だったのよ」

「そら見ろ！」ヴォドルが声をはりあげた。「やつの反エルフ演説《えんぜつ》をきくがいい。あいつは、おまえたちエルフをにくんでるぞ！」

「いいえ、にくんでなんかない。ねえ、真実をおそれる必要はないわ」

すると、その場にいたエルフのうち、いちばんの年寄《としよ》りが前に進みでた。ふわふわした白ひげ。ファーザー・トポだ。トポはあたしに語りかけ、みんなはそれに耳をかたむけた。

「アメリア、おそらくこの中で唯一《ゆいいつ》、ウサギとのあの戦争を記憶《きおく》しとるのは、このわしじゃ。何百年も前のあの戦いをな。そのころ、わしはまだ六歳《さい》の子どもじゃったが、自分が目にしたものをはずかしく思ったたし、これまでずっとはじてきた。その日、一部のエルフがとった残酷《ざんこく》なおこないは、思いだすもおそろしいものじゃった。だから、わしはいつも、あのようなエルフにはなるまいと、つとめてきた。外からくる者をあたたかくむかえようとしてきたのじゃ。わしがひいひいひいひいひいひい孫娘《まごむすめ》のノーシュと、とても高い山にのぼったあの日、死にかけた人間の子をドリムウィックで救《すく》おうと決めたのも、同じ理由からじゃ。男の子の名は、ニコラスといった。いま、おまえさんの前におる、この男じゃ」

トポは、ファーザー・クリスマスを指さした。ファーザー・クリスマスはほほえみ、ほおをつたう、ひとつぶのあたたかいなみだをぬぐった。

トポはつづけた。「よそ者だからといって、むやみにおそれるなといいつづけたのも、同じ理由からじゃ。ファーザー・ヴォドルはあの戦争を見てはおらん。もし見とれば、やつの考えかたも、まったくちがっておったかもしれん。ただ、イースター・バニー、あんたにふたついいたいことがある……」

「なんだ？」イースター・バニーは、ペンダントをにぎりしめて、たずねた。早くききたいというように、たれていた左耳がちょっともちあがった。

「ひとつめは、あんたのとなりにいるエルフを信用するなということじゃ。ファーザー・ヴォドルが心にかけている相手は、この大集会所の中でただひとり、やつ自身だけじゃ。もうひとつは、ウサギ族に起こったことについて、心から申しわけなく思っとるということじゃ。きみらをふるさとから追いはらうべきではなかった。あれはまちがいじゃった。ほんとうのことを知れば、ここにおるエルフたちもきっと、みんな同じ気持ちになる」

イースター・バニーは、言葉をうしなっていた。口はあけたけど、ひとことも出てこない。

「なにをぐずぐずしておる！」

ヴォドルがウサギ軍にどなった。

「人間どもをつかまえろ！　なにを待つことがある！」

「わがはいだよ」イースター・バニーがいった。「彼《かれ》らはわがはいの指示《しじ》を待ってるんだ。

エルフの命令などでは動かん」

ヴォドルのもじゃもじゃまゆげが、すごいいきおいで上がったり下がったりした。まるで、瀕死《ひんし》の鳥がつばさをばたばたさせるみたいに。

「じゃあ、おまえが命令しろ！」

「あいにくだが、わがはいも、**エルフの命令など受けん**」

ヴォドルにも、このひとことはきいたようだった。

ファーザー・クリスマスは舞台《ぶたい》に上がり、イースター・バニーの前に立った。

「おだやかに話しあおう。きみたちがエルフヘルムを追い出されたのは、ほんとうに気の毒なことだった。エルフ議会の長としていうんだが、きみときみの仲間も、ここで平和に暮《く》らしてもらえればと思う。そのためには、どうすればいいかな？」

エルフも、人間も、ピクシーも、ウサギも、その場にいた全員が、しんと静まりかえった。

イースター・バニーは、胸《むね》のペンダントにちらっと目をやった。

思いだした。あの中には、お母さんからもらったチョコレート・エッグが入ってるのよ。

ふと、ある考えがうかんだ。あたしは、イースター・バニーにいった。

「もう、かくれて暮《く》らさなくていいのよ。世界じゅうにあなたたちのことを知ってもらう方法があるわ。ファーザー・クリスマスが知られるようになったのと同じ方法よ。丘《おか》と穴《あな》の地から、ウサギ族のまごころのメッセージを世界につたえればいいわ。あなたのご両親からのメッセージ――あなたのお母さんの。命はせんさいでこわれやすい。でも、だからこそ、命ある日々を楽しまないといけない。あのチョコレート・エッグのメッセージよ」

イースター・バニーは、あたしを見つめた。だれも殺そうとしてないときのイースター・バニーの顔は、びっくりするほどやさしく見えた。

「なにがいいたいのか、よくわからない」と、イースター・バニーはいった。

「わからないのは、あんただけじゃないよ」と、メアリーがいった。

そこであたしは、説明した。

「ファーザー・クリスマスがプレゼントを配るように、あなたも世界じゅうにイースター・

エッグを配るのよ。そしたら、あなたやあなたの仲間が外の世界からおびやかされることはなくなる。みんな、あなたたちの善良《ぜんりょう》な心に気づいてくれる。あたしたちが手伝うわ。最初はファーザー・クリスマスのそりとトナカイをかしてあげてもいい……クリスマスに、いっしょにやりましょうよ。子どもたちが目ざめたとき、くつ下の中にプレゼントをみつけ、あなたがどこかにかくしたチョコレート・エッグをみつけるの」

「いきなりそんなことをいっても……」ファーザー・クリスマスは不満そうな声を出したけど、すぐ事の深刻《しんこく》さを思いだしたようで、「いや、わたしは賛成《さんせい》だよ。もちろんだ。すぐにでもやれる」といった。

イースター・バニーにも話は通じたようで、ふたつの目がぬれて光ってた。

「チョコレート・エッグのメッセージ……」

「そんな手に乗るな！」ヴォドルが怒《おこ》ってるような、なにかをおそれてるような声でいった。

「あれはやつらの本心じゃないぞ！」

「いいえ、本心よ」と、真実の妖精《ようせい》がいった。

でも、イースター・バニーはもう首を横にふってたの。

「だめだ」

それをきいて、あたしの心はしずんだ。

ウサギ軍は攻撃準備《こうげきじゅんび》に入ったように見えた。382番なんか、またあみをかまえてる。

イースター・バニーはいった。「クリスマスはむりだ。もう明日だ。もっと時間がいる。それに、同じ日じゃないほうがいい」

そのとき、あたしはまさにぴったりの日を思いついた。「イースターは？　ウサギが地面の外に出てくる日。だから、あなたはイースター・バニーって呼《よ》ばれてるんでしょ？」

「そうだ。そうだよ」

そのときはじめて、あたしはイースター・バニーがにっこり笑うのを見た。

「イースターか！　それこそふさわしい」

あたしもにっこりした。ファーザー・クリスマスとメアリーも、トポも、真実の妖精《ようせい》も、ノーシュとリトル・ミムとハンドラムも、ピピンも、マザー・ミロも、ソブリンも、ボンボンも、マザー・ブレールも、ジングル先生も。じきにエルフ全員がほほえんでた。コロンブス先生もね（でも、そうとうまごついてる感じのほほえみだった。これから歴史の本をぜんぶ書きかえなきゃいけないなって考えてたから）。ウサギの兵士たちさえ、にこにこしてた。

382番も、あみをおろしてる。笑ってないのは、ファーザー・ヴォドルただひとり。

だけど、ファーザー・クリスマスが急に真顔になった。笑うのをやめたのは、壁《かべ》の時計が目に入ったから。針《はり》は、〝もうそろそろみんなねる〟を指してた。

「おい、エルフ諸君《しょくん》、おもちゃ工房《こうぼう》へ急ごう！　底なしぶくろに入れなきゃならんおもちゃが、たくさんあるぞ！」

　そして、ファーザー・ヴォドルひとりが残された。ヴォドルは夕日よりもまっ赤な顔で、みんなが（ウサギたちも）クリスマスの準備《じゅんび》のためにおもちゃ工房《こうぼう》に走ってくのを、見おくった。

　一時間後、ファーザー・クリスマスは、おもちゃ工房《こうぼう》のまん中に底なしぶくろを広げて、立っていた。エルフとウサギの列は、トナカイの広野《ひろの》までつづいてる。382番のウサギは、高々と積みあげたおもちゃをふくろにほうりこんだ。あたしはファーザー・クリスマスにそりのチェックとトナカイの準備《じゅんび》をたのまれた。そりは、ファーザー・ク

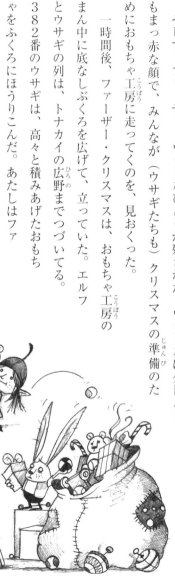

リスマスの家の前にとめてある。あたしは、いわれたとおりにした。トナカイたちもみんな協力的で、いつもはなかなかハーネスをつけさせないコメットさえ、いうことをきいてくれた。

　あたしは、ブリッツェンの顔を見ながら、いった。「今夜はなにがあっても急降下《きゅうこうか》しちゃだめよ。いい？」

　ブリッツェンはブタが鳴くような声を出した。希望計に目をやると、針《はり》は〝希望があふれかえってる〟を指していた。

あたしはそりにとびのり、手《た》づなをにぎった。エルフとウサギの列はだんだん短くなって、ついになくなった。やがて、ファーザー・クリスマスが底なしぶくろをかついであらわれた。あたしは、ファーザー・クリスマスに手《た》づなをわたし、そりからおりようとした。

「いや、アメリア。そのまま乗ってなさい。助手が必要だ」

「でも、この前あたしがそりに乗ったときどうなったか、知ってるでしょう？」

「ああ。だが、今夜はスートはいない。メアリーがめんどう見ててくれる。ほら」

ファーザー・クリスマスは、メアリーに手をふった。メアリーはスートをしっかり抱《だ》きかかえてる。メアリーといっしょに、ノーシュとハンドラムとリトル・ミムとトポも、トナカイの広野《ひろの》に立っていた。

そしていまは、ほかのエルフたちもあたしたちのまわりに集まって、出発のときを待ってる。キップ先生もその中にいた。先生の顔を見ると、あたしはうろたえてしまった。

「でも、助手なら、ほかのだれかのほうがいいんじゃない？　キップ先生はどう？　そりの運転では、先生がエルフヘルムでいちばんの名手よ」

それをきいてた先生は、あたしに笑顔《えがお》を向けて、首を横にふった。「きみがいくのがいいと思う。きみのことを誤解《ごかい》してたよ。悪かったね」

それで、あたしはまたシートに腰《こし》をおろした。

「きみからだ」ファーザー・クリスマスがいった。

「え？」

ファーザー・クリスマスは、あたしに手《た》づなを返した。「さあ。みんなにきみの腕前《うでまえ》を見せてやれ」

「でも……」

エルフたちの中にトゥインクルをみつけた。にこにこしながら、がんばれというように親指を立ててる。スノーフレークもいた。ヴォドルが宙《ちゅう》にうかび、黒雲のようにあたりをうろうろしてるのも見える。

「あんたならできるよ、アメリア！」

メアリーが大きな声で、はげましてくれた。

あたしは希望計を確認《かくにん》して目をつぶり、きっとすべてうまくいくと信じて、真剣《しんけん》にそう念じた。そして、さけんだ。

「いくわよ、ブリッツェン！　いくわよ、ヴィクセン！　ドナー！　プランサー！　ダッシャー！　ダンサー！　キューピッド！　コメット！　さあ、とんで！」

つぎの瞬間《しゅんかん》、集まってたエルフたちは二手《ふたて》にわかれ、あたしはそのあいだを通って、雪の積もった平原を、凍《こお》った湖に向かってものすごい速さで走りぬけ、それから、ぐん、ぐん、ぐんと空にのぼってった。出発よ、世界じゅうをめぐる旅に！

そりの上には、どの世界にもほんとうには属《ぞく》してないけど、幸せいっぱいの人間ふたり。

ファーザー・クリスマスとあたし、ふたりだけ。

27 最後のほほえみ

あのクリスマス・イブほど心に残るイブは、この先もないと思う。

ファーザー・クリスマスは、最初から最後まで、そりの運転をまかせてくれた。トナカイはみんな、あのブリッツェンでさえ、ぎょうぎよくしててくれた。その年は、クリスマスにたくさんの人間の子どもとその親が、カーペットに足あとを発見した年でもあった。これはつぎのクリスマスまでの一年間にピピンがつかまえた手紙に書いてあったんだけど、最初はみんな、どろでよごれたと思ったそうよ。でも、近づいてみると、なんだかいいにおいがするとわかったんだって。どうもチョコレートのようなにおいだなって。

つぎの日あたしが目にしたのは、なんだかふしぎな光景だった。ザ・スレイ・ベルズが演《えん》奏《そう》するなかで、ウサギとエルフがいっしょにパーティーをしてるんだもの。曲は「ジングル・ベル」や「赤い服着たヒーロー」、そしてもちろん、定番の「トナカイが山の上をとんでいく」。ほんとに楽しい時間だった。そして、その楽しい気分は、それから一年じゅうつづいたの。

ウサギたちはイースターまで、またウサギ穴《あな》にもどった。だって、地面の下のほうがあったかいから。だけど、エルフのほうから、ちょこちょこ地下に遊びにいった。毎月第一土曜日は、カラフルミミズ・ディスコ・デー。ザ・スレイ・ベルズのほかにも、ウサギのバンドのザ・バロウ・ブラザーズ（「バロウ」はウサギ穴《あな》って意味）や、もっとやかましい音を出すイヤーズ・オブ・ドゥーム（「破滅《はめつ》の耳」みたいな意味）ってグループも、演奏《えんそう》した。イヤーズ・オブ・ドゥームでドラムをたたいてるのは、あたしたちがウサギ小屋にとじこめられたとき、見張《みは》りをしていたウサギ兵。みんな、もりあがった。イースターをすぎても、ウサギたちは長い時間を地下ですごしたのよ。

チョコレートがどうなったかも知りたいでしょ？　チョコは銀行に返されて、みんな自分のお金をとりもどすことができたわ。だけど、チョコレート銀行は、それまでの三倍、チョコレートをつくることになった。その大半は、アート・スタジオで働くウサギたちにあたえられたの。スタジオは、ヴォドルが前に秘密《ひみつ》の新聞社としてつかっていたウサギ穴《あな》で、ウサギたちはそこでいろんな大きさの美しいチョコレート・エッグをデザインしてる。

ぬいぐるみ出口

ファーザー・ヴォドルは、牢《ろう》には入れられなかった。ファーザー・クリスマスは、だれも牢《ろう》に入れちゃいけないと考えてるから。ヴォドルはきびしく監視《かんし》されながら、ますますひっそり通りの家でそのまま暮《く》らしてる。『デイリー・ホント新聞』は、廃刊《はいかん》になった。どっちみち、もうだれも読みたがりはしなかったけどね。かわりにヴォドルは、クリスマス・ラッピングの責任者《せきにんしゃ》をさせられてる。おもちゃ工房《こうぼう》の専用《せんよう》の部屋にすわって、プレゼントをひとつ残らずラッピングしないといけないの。それは、ヴォドルがとくにきらいな仕事だった。なにせ、セロテープが大事なひげにぺたぺたくっついてばかりいるからね。

メアリーは、ファーザー・クリスマスの飛行ルートを決める仕事のかたわら、閉店《へいてん》したイチジク・プディング・カフェの経営《けいえい》をひきついで、〝マザー・クリスマスの魔法《まほう》のパイ〟という名前でリニューアルオープンさせた。このカフェは、たちまちエルフヘルムでいちばんの人気店になったのよ。メアリーはそれからもずーっと、ファーザー・クリスマスを心底慕《した》いつづけたし、ファーザー・クリスマスも、変わることなくメアリーを愛しつづけた。幸せで、ふたりのほおは、日々ますますバラ色にかがやいてくように見えたわ。

大気中に希望がもどってきた。オーロラはまぶしくかがやいた。ファーザー・クリスマスあての手紙は、いつでもとても高い山のてっぺんまでとんでくるようになった。

あたしはといえば……そうね、いろんなことが前よりよくなったわ。すっごく、よくなった。

エルフたちが、かげでひそひそ、あたしのうわさ話をすることもなくなった。あたしはもう、よそ者じゃない。エルフヘルムは、人間もウサギも歓迎《かんげい》する村になった。学校も、そんなにつらくなくなった。ジングル先生もほかの先生たちも、前よりあたしの気持ちを考えてくれるようになった。コロンブス先生はあたしに、特別な課題を出した。それは、エルフヘルムの歴史を書きかえること。ウサギたちについてのまちがった記述《きじゅつ》をあらためる仕事よ。トゥインクルやスノーフレークとは親友になったし、スピクル・ダンスの授業《じゅぎょう》で笑われることもなくなった。

『デイリー・スノー新聞』に記事を書いた原稿料《げんこうりょう》で、やっとブリザード360の修理《しゅうり》にかかるお金をはらうこともできた。キップ先生とあたしは仲よくなった——といってもいいと思う。先生と、おたがいがとらわれの身になったときのことを話したりもした。あたしは、毎年開催《かいさい》されるそり競技《きょうぎ》のジュニア大会で優勝《ゆうしょう》した。優勝《ゆうしょう》バッジを胸《むね》につけてもらうと、ほこらしい気持ちになった。

ヴォドルとイースター・バニーについて、あたしの書いた記事がのった新聞は、記録的に売り上げをのばした。あたしはウサギ担当《たんとう》の記者になり、イースター・バニーへのあたしのインタビューは、みんなから「今年読んだなかでいちばん心をゆさぶられた記事」だといってもらえた。

そんなふうにして、何年かがすぎていった。まあ、多少よかったり悪かったりはしたけどね。クリスマスは、やってきては去り、またやってきた。ファーザー・クリスマスはおもちゃ工房《こうぼう》でいそがしく働き、メアリーはカフェの経営《けいえい》でいそがしくしてた。あたしは学校もいそがしかったし、デイリー・スノーの仕事もいそがしかった。だけど、それはみんな、楽しいいそがしさよ。エルフたちのいそがしさと同じ。

それからまた何年もたったある年のクリスマス、あたしは最後のそりの旅に出て、エルフヘルムを去り、ロンドンにもどった。そして、身寄《みよ》りのない子どもたちの家をつくり、〝少年少女のための魔法《まほう》の家〟と名づけた。エルフヘルムを去ることにしたのは、不幸せだったからじゃない。不幸せだなんて、とんでもない。魔法《まほう》とエルフとファーザー・クリスマスにかこまれた、あそこでの暮《く》らしほど、幸せなものはなかったもの。

だけど、むかしを忘《わす》れることもできなかった。身寄《みよ》りもなくひとりぼっちで、救貧院《きゅうひんいん》でみじめな毎日を送ってたころのことを。あたしは、あたしみたいな子が人間の世界にはほかにもたくさんいて、同じような気持ちでいることを知ってた。それで、あたしもファーザー・クリスマスみたいになろうと決心したの。みんなを幸せにしよう、清潔《せいけつ》なベッドと、メアリーが考えた最高のレシピにもとづいた、きちんとした食事をあたえ、読み書きを教えてあげようって。

あたしは、魔法《まほう》の家の子どもたちに、ときどき自分の子どものころの話をきかせてあげてる。午後のおやつの時間のあとに、冬の日は暖炉《だんろ》のそばで、エルフヘルムですごした日々のことを語ってあげ

るの。エルフやピクシーやトロルのことを。ファーザー・クリスマスやマザー・クリスマス、イースター・バニーの話を。子どもたちがファーザー・クリスマスあてに書いた手紙がとても高い山までとんでいって、それを軽《かる》わざがすばらしく得意なピピンというエルフが、びっくりするくらい高くとびあがって、みごとにキャッチするという話を。

あたしは、年をとったいまでも、そんな話をしつづけてる。世の中に自動車や、飛行機と呼《よ》ばれる空とぶ機械が発明されたいまでもね。

あれから、エルフヘルムには一度も帰ってないけど、いまでもあのころの魔法《まほう》を感じる。あたしは結局、ドリムウィックをかけられることはなかったけれど、あの魔法《まほう》を生かしつづけてきたわ。人々を幸せにしようとすることで。相手の善良《ぜんりょう》な心に目を向けることで。すると、その人の心がかがやきをはなち、あたしを照らしてくれるの。

ファーザー・クリスマスが、前にこういったことがある。

「ほほえみは、世界でいちばんの魔法《まほう》だ」

あたしはいま、クリスマスのこの日に、ここにすわって、ほほえみながらこの話を終えようとしてる。あたしのそばに、あの人からの手紙がある。あの人があたしのために、暖炉《だんろ》の中に置いてってくれたの。

中にはたったひとこと、「ありがとう、アメリア」とあった。

それでじゅうぶん。必要なのはそれだけ。だって、言葉もまた魔法《まほう》だから。ひとことの中に、すべてがこもっていたりするから。

ありがとう、
アメリア

訳者《やくしゃ》あとがき

クリスマスを救った女の子、アメリア・ウィシャートは、北のはてにあるエルフの国、エルフヘルムで暮《く》らすことになりました。みなしごとなり、救貧院《きゅうひんいん》と呼《よ》ばれる施設《しせつ》でつらい毎日を送っていたところを、ファーザー・クリスマスに救《すく》いだされたのです。歌やダンス、お菓子《かし》が大好きで、おもちゃづくりが得意なこびとたちの村に、笑顔と歓声《かんせい》でむかえられたとき、アメリアはどんなに幸せな気持ちだったでしょうか。

でも、いざ住みはじめてみると、そこでの生活は、期待していたようなものではありませんでした。人間の世界とのちがいにとまどったり、ことあるごとにエルフたちと人間の自分とのちがいを感じて居心地《いごこち》の悪い思いをしたり、そのちがいをエルフたちに笑われて傷ついたり。アメリアは、なんとかエルフの村にとけこもうと努力しますが、なかなかうまくいきません。

そんなアメリアに、自分の気持ちを重ねて読んだ人もいるでしょう。新しい町、新しい学校に移《うつ》ったとき、クラス替《が》えで仲のいい友だちみんなとわかれてしまったとき、新しいグループに入っていこうとするとき、似《に》たような経験《けいけん》をした人もいるかもしれません。そんな場面を想像《そうぞう》して、アメリアのなやみを身近に感じた人もいるかもしれませんね。

思いかえせば、ファーザー・クリスマスがはじめてこの村にやってきたときも、すんなり受けいれてもらえたわけではありませんでした。新しい場所で仲間としてみとめてもらうのは、かんたんでない場合もありますす。なにかきっかけが必要なこともあるでしょう。その「なにか」を目の前にしたとき、なにを思い、どう行動するかが、大事なのだろうと思います。

逆《ぎゃく》に、あなたがエルフの立場だったら、どうでしょうか？　ある日とつぜん外の世界からやってきた、見た目も文化も習慣《しゅうかん》もちがう「よそ者」を、どんなふうに感じるでしょう？　その「よそ者」が自分たちにとんでもなくひどいことをしようとしているという話をきいたとしたら？　とにかく一日も早く出ていってもらいたいと思うでしょうか？「よそ者」が二度と入ってこられないよう、壁《かべ》をつくりますか？

壁《かべ》をつくるなんて、なんだかばかげた話に思えるかもしれませんが、人間の世界では、国と国のあいだにたくさんの壁《かべ》が築《きず》かれてきました。いまも壁《かべ》はありますし、あらたに壁《かべ》をつくろうとしているところもあります。でも、ほんとうに必要なのは壁《かべ》なのでしょうか？　それを考えるとき、この物語の中でファーザー・トポのいっていた言葉を思いだしてほしいと思います。

さて、あなたは「イースター」という言葉をきいたことがありましたか？　最近、日本でも少しずつ知られるようになってきましたが、「復活祭《ふっかつさい》」とも呼《よ》ばれる春のお祭りです。古くからあった春のおとずれを祝うお祭りと、十字架《じゅうじか》にかけられて処刑《しょけい》されたイエス・キリストが三日後に復活《ふっかつ》したことを祝うキリスト教のお祭りが、結びついたものといわれています。キリスト教ではなにより重要な祝日であると同時に、冬が終わり、春がやってきたことを喜び、新しい生命の誕生《たんじょう》を祝う行事として、多くの人々に愛され、親しまれてもきました。イースターは、毎年、春分の日のあとの最初の満月のあとの最初の日曜日に祝われます。なんてややこしい！　頭がこんがらがっちゃいますね。

たくさんの子どもを産むウサギと、命をはぐくむ卵《たまご》は、ともにイースターのシンボルです。イースターを祝う国では、その時期になると、町が春らしい色にかざられ、ウサギや卵《たまご》をかたどった小物やお菓子《かし》がならびます。

お菓子《かし》の定番は、チョコレート・エッグ。きれいにデコレーションされていたり、卵形《たまごがた》のチョコの中にまたお菓子《かし》がかくれていたり、楽しいものがいっぱいです。もともとは、ゆで卵《たまご》をタマネギの皮などで染《そ》めてかざっていました。いまでも、イースターをむかえる準備《じゅんび》として、ゆで卵《たまご》や小さな穴《あな》をあけて中身をぬいた卵《たまご》のからを、染《そ》めたりもようをつけたりし、カラフルなイースター・エッグがつくられます。伝統的《でんとうてき》な意味をもつ色やもようもありますが、思い思いのデザインでしあげていくのは、とっても楽しそう！

こうしてきれいにペイントされたイースター・エッグをかごに入れ、家々に配ってまわるのが、復活祭《ふっかつさい》のウサギ、つまりイースター・バニーの役目とされています。イースター・バニーは、イースターの前の晩《ばん》にやってきて、庭などにこっそりイースター・エッグをかくしていきます。木の根もとや草のかげ、いろんなところにかくされた卵《たまご》を、子どもたちは競うようにして、さがしまわります。この「エッグ・ハント」という遊びは、野原で大々的におこなわれることもあります。楽しい遊びはほかにもあって、柄《え》の長い大きなスプーンでイースター・エッグをころがして競走する「卵《たまご》ころがし」が有名です。

どうやらイースターは、クリスマスに負けないくらい、わくわくするお祭りのようですね。この物語にも出てきたように、イースター・エッグには、生命の誕生《たんじょう》を喜び、命をいつくしむ心がこめられています。ウサギたちからの、まごころのメッセージです。春のおとずれとともに、その心があなたにもとどきますように。そしてもちろん、クリスマスには、ファーザー・クリスマス――サンタクロースから、魔法《まほう》のプレゼントがとどけられますように。

もしかしたら、そのプレゼントは箱に入ったり、きれいな紙につつまれたりはしていないかもしれません。もしかしたらそれは、魔法《まほう》の力をもった、たったひとつの言葉だったりするかも。その言葉は、もしかしたら、あなたのそばにある一冊《さつ》の本の中にかくれているかもしれませんよ。

この物語を読んでくれたあなたに、心をこめて、メリー・クリスマス、そして、ハッピー・イースター！

二〇一八年九月十八日　杉本詠美

物語のあとにつたえたいささやかな感謝

本を書くというのは、とても苦しい仕事だ。同時に、とても楽しい仕事でもある。だが、本が本になるまでには、作家は多くの助けを必要とする。『クリスマスをとりもどせ！』と、この３部作を構成するこれまでの２作、『クリスマスとよばれた男の子』『クリスマスを救った女の子』にとっては、とりわけそうだった。

とくにお礼をいいたいのは――

まずは、きみ。読者だ。じょうずに読んでくれたことと思う。早すぎず、おそすぎず。よく読んでくれた。

イラストレーターのクリス・モルド。随所に、すばらしい挿絵を添えてくれた。よい挿絵のついた本こそ、最高の本だ。

有能な編集者のフランシス・ビックモア。ここはあそこほどよくないと、いろいろ指摘してくれたおかげで、いい物語になった。

代理人のクレア・コンヴィル。その見識とすてきな人柄に感謝を。

出版社のキャノンゲート社のみなさん。このシリーズにとても熱心に取り組んでくれた。ラフィ・ロマヤ、ミーガン・リード、ローナ・ウィリアムソン、ジェニー・フライ、クレア・マクスウェル、アリス・ショートランド、ニール・プライス、ジェーン・パイク、アンドレア・ジョイス、キャロライン・クラーク、クリストファー・ゲイル、そして忘れてならないのが、ジェイミー・ビング。

わが親友、アンドレア・センプル。この物語をだれより先に読み、たくさんあったまちがいをとりのぞいてくれた。アンドレアのおかげで、この本も、ほかのどの本も、ずっとよいものになった。

ああ、それからもちろん、ファーザー・クリスマスにも感謝を。

だが、いちばんお礼をいわなきゃならないのは、世界じゅうのだれよりすばらしいふたりの子どもたちだ。パール・ヘイグとルーカス・ヘイグ。わたしはこのシリーズをふたりのために書いた。ふたりは、わたしの人生に日々、魔法をあたえてくれている。この本は、それにささやかなお返しをしようという、わたしの試みだ。

みなさん、ありがとう。メリー・クリスマス！

マット・ヘイグ

文＊マット・ヘイグ（Matt Haig）
イギリスの作家。大人向けの作品に、『今日から地球人』『＃生きていく理由　うつヌケの道を、見つけよう』『トム・ハザードの止まらない時間』（早川書房）などがある。児童書作品で、ブルー・ピーター・ブック賞、ネスレ子どもの本賞金賞を受賞。3作品がカーネギー賞候補作となっている。息子に「ファーザー・クリスマスはどんな子どもだったの?」とたずねられたことから『クリスマスとよばれた男の子』を執筆。続編に『クリスマスを救った女の子』および本作（いずれも西村書店）。

絵＊クリス・モルド（Chris Mould）
イギリスの作家、イラストレーター。文と絵の両方を手がけた作品を多数発表するほか、『ガチャガチャゆうれい』（ほるぷ出版）など多くの子どもの本のイラストも担当し、ノッティンガム・チルドレンズ・ブック賞を受賞。ケイト・グリーナウェイ賞などの候補にも選ばれる。子どものころの自分が喜びそうな本を書くのが楽しみ。

訳＊杉本詠美（すぎもと えみ）
広島県出身。広島大学文学部卒。おもな訳書に、『テンプル・グランディン　自閉症と生きる』（汐文社、第63回産経児童出版文化賞翻訳作品賞を受賞）、『シロクマが家にやってきた！』（あかね書房）、『いろいろいろんなかぞくのほん』（少年写真新聞社）、『クリスマスとよばれた男の子』『クリスマスを救った女の子』および本作（西村書店）。東京都在住。

クリスマスをとりもどせ！

2018年11月9日　初版第1刷発行

文＊マット・ヘイグ

絵＊クリス・モルド

訳＊杉本詠美

発行者＊西村正徳

発行所＊西村書店 東京出版編集部
〒102-0071 東京都千代田区富士見2-4-6
Tel.03-3239-7671　Fax.03-3239-7622　www.nishimurashoten.co.jp

印刷・製本＊中央精版印刷株式会社

ISBN 978-4-89013-993-4 C8097　NDC933